樂情弄調 武藥演下

金庸說

馮翊綱 著

推薦序

金庸茶館的新起點

緣起於二〇一三年九月的第一屆華文朗讀節，馮翊綱教授從十八般兵器的典故談起，朗讀了《射鵰英雄傳》（楊家槍）、《神鵰俠侶》（小龍女的金鈴索）及《倚天屠龍記》（王盤山）的精采段落，大獲好評。其後與遠流的編輯團隊討論，覺得可以把這樣的內容變成一本有趣的書；繼而又想，如果不只限於文字呢？是不是也可以用表演形式來完成，成為另一種「金庸茶館」？

《金庸作品集》出版逾三十多年，與一代一代的華文讀者一同呼吸、一起生活，「金庸茶館」也從紙本的金學研究，到網路、雜誌，甚至在西湖開有餐廳。是的，一個實體的「金庸茶館」一直是我們努力的夢想。今年（二〇一四）四月，《瓦舍說金庸》在「華山一九一四文創產業園區」熱鬧開演，不但呼應了金庸先生為華山所題「華山今論劍，創意起擂台」的跨界合作創價精神，無疑也是金學研究的又一嶄新起點。

從前，倪匡、陳墨用文字來詮釋金庸小說；而今，阿綱用說唱藝術做淋漓表達，五感交融，奇趣迭起。

這本書將「劇本」的外家招式，與「創意源頭」的內功心法融於一爐，搭配典故知識，形成一套完整而有意思的「武功」。馳騁想像、引古鑑今之餘，一位劇場表演藝術家的所思所想，一種跨冊玩讀金庸的新鮮體驗，有助於打通讀者的「任督二脈」，不論是文學的，還是美學的。

遠流出版公司董事長
王榮文

自序

大勝關陸家莊外，黃蓉正在為即將繼任丐幫幫主的魯有腳講解「打狗棒法」的八字口訣。郭芙、武家兄弟以及楊過，在一旁偷聽。不久前的華山之巔，楊過已在義父歐陽鋒面前演習洪老幫主所傳授打狗棒法的外家招式，此時終於內外相應、融會貫通，將一門不涉門派、不立文字、變化繁複的傳奇武學，瞭然於心。

金庸先生在《神鵰俠侶》書中，所展露的口訣八字是「絆、劈、纏、戳、挑、引、封、轉」。由於我的功夫，路數與丐幫幫主所習大不相同，甚或兵器，亦非綠竹杖，故以「不立文字」為取巧藉口，牽強附會，立出「扮、批、饞、戳、挑、癮、瘋、撰」八字，為本書隔間。搭配劇本，邊聊邊演。

《演武弄樂下藥調情說金庸》是二〇一四年春天，我所創作的演出文本。首演舉辦在台北「華山一九一四文創產業園區」，頗有暗合「華山論劍」的浪漫，演員是我與老搭檔宋少卿。劇本是外家招式，談笑間，觀眾或狂笑、或莞爾，開心即可。本書則是這套演出的內功口訣，呈現劇本背後的創意源流。

「扮」，扮演浪漫。
「批」，批判時事。
「饞」，饞嘴食肆。
「戳」，戳穿觀念。
「挑」，挑戰積習。
「癮」，癮頭交錯。
「瘋」，瘋魔原著。
「撰」，撰寫奇緣。

整件事情的開端，是二〇一三年在台北華山，由黃莉翔策展的「華文朗讀節」，我受邀展演，讀了一段《倚天屠龍記》選段「王盤山」，遠流出版公司王榮文董事長是伯樂，一眼看出前景。

劇本是這部書籍的骨幹，我的學生，鄭依庭伴讀繕打、林一先構畫插圖。遠流出版四部總編輯曾文娟領著同仁鄭祥琳、江雯婷，從她們熟得不得了的記憶與專業中，供應素材，並一路陪伴書的完成。各方功力，源源不絕地向我傳導，作品的催生，靠的都是美女呀！

哇，原來我是虛竹。

目錄

第一章 扮

連〈十八摸〉也不會唱，這老婊子也差勁得很了。

——揚州芍藥圃，韋小寶批評一個曲子唱得不錯的老歌姬。

【靴頭噱頭】

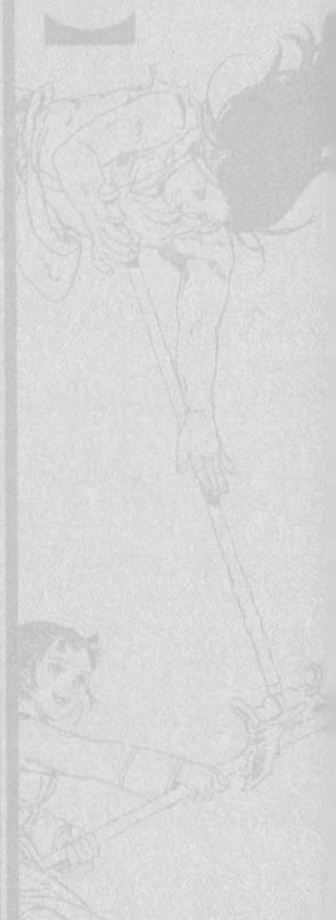

以金庸武俠為主題編相聲，請設計師做了一套古裝，因而翻出了櫥櫃內的古裝靴子來配穿。

我們有幾雙傳統戲靴，有「厚底」也有「朝方」。所謂厚底，總有八、九公分，紙夯的，刷著白鞋膏，斜斜的尖頭，上寬下窄，與黑色布靴面相映成趣。厚底是生角淨角所穿，朝方則是丑角的靴，白底只有一點點。

想起馬連良，二十世紀初的「四大老生」，京劇行最拔尖的人物之一。他還是「富連成」科班學徒的時候，跟包（「跟」著老師出去演出並幫老師拿包「包」）到後台，分配到了跑龍套的工作，就看馬連良小朋友，整好了老師的衣裝，也把自己的靴邊，刷了一層新白，把自己的髯口，梳得一派飄灑。夥伴們冷嘲笑道：「真把自己當角兒啦！」當時，馬先生未予理會。歷史證明，把自己當「角兒」伺候的人，將來有希望成角兒，馬先生甚至還成了自己母校的校長。

左營中山堂，四十年前，二十世紀七〇年代，一般而言是個電影院，專門放映國片。另外還有個中正堂，放洋片。然而這兩個「堂」的舞台也夠深，也是劇場，藝工隊或國劇隊可以演出，各中小學也在這兩個堂舉行畢業典禮。

那個年代，在中山堂看小海光（海光劇隊的學生班）唱戲，最初的海光劇校就在中山堂旁邊的營區裡，鼎鼎大名的明星們（例如劉玉麟、陳元正），以及他們教出來的，後來也鼎鼎大名的學生們（例如魏海敏），都在這裡生活。

當時我還是小學生，穿著整齊、繡著學號的制服，刷乾淨的黑皮鞋，坐在中山堂舞台最前緣的樂池裡看戲。我媽是「軍中之聲」的節目主持人，與劇校合作，到演出現場來錄製節目。我則是「跟包」，來「聽蹭兒」的（順便且免費），一則沒有正式座位，二則得顯出規矩，所以穿學生制服。
坐在樂池的鐵摺椅上，離舞台太近了，頭得揚得老高，一會兒就瘓。不抬頭，看不見臉，只看見一雙雙的厚底、朝方。
當年小學生的橡皮擦只有兩種選擇，一種比較大塊，淺藍色，有兩道白槓槓，兩頭都切成斜邊。另一種瘦小且扁，左一半白色，專擦鉛筆，又一半黑色，既粗且硬，可擦原子筆，兩頭也切成斜邊。
一端切成斜邊的大橡皮擦，像極了戲台上的厚底靴，兩端切成斜邊的薄薄橡皮擦，跟朝方靴簡直一模一樣。於是，把鉛筆插進橡皮擦裡，成了兩條腿，可以在書桌上邁台步了。

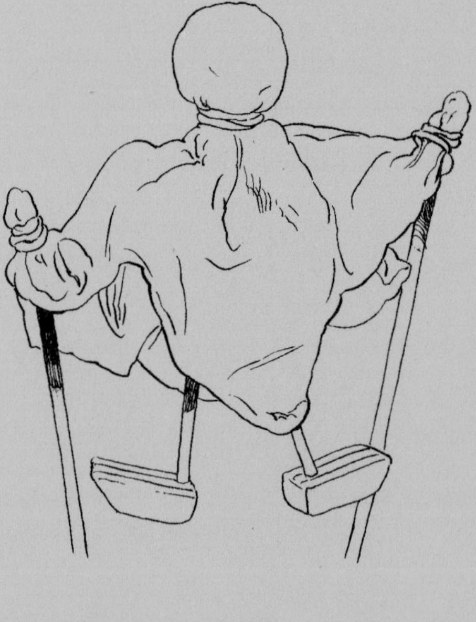

先來看一小段戲。

上半場 段子一〈一二三〉

劇本一之一

五十九：現在經營藝文團體，非常艱苦。

七百四：就是。

五十九：開記者會，沒人來。

七百四：怎麼會這樣呢？

五十九：我這個人，自尊、自愛、自律，江湖上是人所共知。

七百四：這個我可以作證，馮先生光明正大，生活樸素規律，為人處世，幾乎可以說到了毫無情趣的程度了。

五十九：啊？

七百四：意思是說，正直清白。

五十九：所以，【相聲瓦舍】開記者會，都是認真談論作品，關心文化發展。

七百四：是。

五十九：對時下的媒體而言，就沒有什麼發揮的話題。
七百四：對，我們沒有腥膻色。
五十九：就連宋先生都改邪歸正了。
七百四：這話是？
五十九：不喝酒、不撞車、不闖禍，搞得記者都不來了。
七百四：合著怪我呀？
五十九：台灣有五十幾家電視台，一百多家廣播電台，三十幾家報社，七千多家雜誌社，上一次開記者會，只來了一家報紙。
七百四：誰？
五十九：《國語日報》。
七百四：啊？
五十九：你別驚訝，我認為《國語日報》是最重要的報紙。大人有各種偏好、選擇，但是小朋友都是看《國語日報》的。
七百四：《國語日報》，培養國家未來的主人翁。
五十九：如果國家還有未來，或未來還有誰可以擔任主人翁的話。

七百四：啊？

五十九：開放報禁都快三十年了，媒體生態迸發、爆炸、蛻變、轉型，終究走上一條邪惡的道路。

七百四：啊？

五十九：美其名，說是言論自由，事實上，是演變成一群怪獸，亂咬人。

七百四：媒體爆炸，從業人員也是良莠不齊。

五十九：那天在香港演《寶島一村》，曾經飾演李尋歡、傅紅雪、楚留香的狄龍大哥來看戲。

七百四：有。

五十九：還有曾經在電視劇裡飾演黃藥師的曾江先生，也在後台跟我們聊天。

七百四：也有。

五十九：以飾演東方不敗名震江湖的林青霞小姐，三度蒞臨，大家還一起拍照。

七百四：您提這些人的重點是什麼？

五十九：武俠。

七百四：武俠？

五十九：凡是大明星，都必須是演過武俠片的。
七百四：沒錯。
五十九：古龍先生是浪漫才子，武俠世界縱橫飄逸。
七百四：是。
五十九：金庸先生是一代宗師，創作出三千多個膾炙人口的武俠人物。
七百四：了不起！
五十九：金庸先生創辦《明報》，是資深的新聞從業人員，格調完全不一樣的。
七百四：對。
五十九：聊著聊著，王偉忠就開罵了。
七百四：他又怎麼了？
五十九：他說，台灣原本也有一些江湖道義，幫派力量可以制衡媒體怪獸。
七百四：這個比較屬於特殊觀點。
五十九：但是，社會轉型，原本的老牌江湖幫派，也發展不下去了。
七百四：不合時宜了。
五十九：台灣沒有黑社會，部分媒體就成了黑社會。

七百四：講話要小心。
五十九：王偉忠講的。
七百四：他尤其要小心。
五十九：感慨之餘，發下豪語，要組織一個新幫派。
七百四：啊？
五十九：「天津包子幫」！
七百四：啫！
五十九：我一聽，覺得好玩，就插嘴了。
七百四：叫你講話要小心。
五十九：我說該有左右護法。
七百四：誰？
五十九：包子幫嘛，男護法叫「蔥薑蒜」。
七百四：蔥薑蒜是幹什麼的？
五十九：精通軟硬暗器。
七百四：欸！

五十九：女護法叫「雪裡紅」。
七百四：這名字聽起來不錯。
五十九：精通迷魂大法。
七百四：厲害！
五十九：兩位執法龍頭。
七百四：執行幫規。
五十九：一位「擀麵棍」。
七百四：他？
五十九：手執包子幫的傳幫聖物，擀麵棍。
七百四：喔。
五十九：干犯幫規者，依情節不同，施以不同的懲罰，搥、搗、鑽、碾。
七百四：知道了。
五十九：另外一位叫「殺千刀」。
七百四：我的媽呀！
五十九：顧名思義……

七百四：我不想知道細節。

五十九：包子幫女生隊，六個辣妹，號稱「十二金筷」。

七百四：我只聽過十二金釵？

五十九：特別瘦，大腿小腿瘦得跟筷子一樣，六個人，十二根筷子。

七百四：這麼來的。

五十九：女生隊的隊長是一對豐滿的雙胞胎，「絲襪奶茶」和「薑汁撞奶」。

七百四：很有畫面。

五十九：幫眾們分屬於四個堂口，「豬油堂」、「發粉堂」、「韭菜堂」，以及「豆沙堂」。

七百四：好嘛！

五十九：組織完畢，就要開香堂，舉辦開山大典了！

七百四：所以，幫主是王偉忠？

五十九：俗辣！

七百四：誰？

五十九：王偉忠！

七百四：啊？

五十九：就出一張嘴，說完話就跑了。
七百四：搞出一個爛攤子，怎麼辦？
五十九：總得有人要收拾。
七百四：誰？
五十九：誰最大嘴巴多話……
七百四：啊？
五十九：誰最足智多謀就是誰！
七百四：誰？
五十九：我！
七百四：您是幫主？
五十九：朋友聽說我組織江湖幫派，紛紛祝賀。
七百四：怎麼祝賀？
五十九：送來一塊匾額，四個大字。
七百四：哪四個字？
五十九：「岸坂爭龍」。

七百四：廚房啊？

五十九：什麼廚房？

七百四：案板嘛，切菜、揉麵用的「案板」。

五十九：包子幫的開香堂大典，選在新店碧潭水岸邊，一個小山坡上，「岸坂」。

七百四：長坂坡的坂？

五十九：就是山坡的意思。

七百四：那「蒸籠」呢？蒸籠是用來蒸包子的呀！

五十九：江湖上，龍爭虎鬥。

七百四：這個「爭龍」？

五十九：「岸坂爭龍」。

七百四：懂了。

五十九：就看豬油堂六六三十六名幫眾打著黃旗，發粉堂七七四十九名幫眾打著白旗，韭菜堂八八六十四名幫眾打著綠旗，豆沙堂九九八十一名幫眾打著紫旗。每人手上端著一盆蔥花。

七百四：幹什麼？

五十九：本幫的儀式，凡正式場合都要灑滿蔥花。
七百四：啊？
五十九：司儀高喊，「燒水！」
七百四：要蒸包子了。
五十九：那是江湖切口，暗語，意思是「升堂」。
七百四：黑話？
五十九：就看十二根金筷子，在絲襪奶茶和薑汁撞奶的帶領下，步入會場。
七百四：女生隊入場。
五十九：灑滿蔥花！
七百四：灑！
五十九：兩位執法龍頭，高舉擀麵棍、殺千刀，入場。
七百四：威風！
五十九：灑滿蔥花！
七百四：灑！
五十九：左右護法蔥薑蒜、雪裡紅，簇擁著幫主我，一起入場。

七百四：灑滿蔥花！
五十九：用力灑！
七百四：灑！
五十九：我就位坐定，司儀高喊，「開鍋！」
七百四：包子蒸好了。
五十九：也是黑話，意思是「幫主訓話」。
七百四：您說話？
五十九：我說，各位兄弟，今日是本幫成立，第一次開香堂，有三點宣布，第一點，本幫人數眾多，我們該反對什麼，就反對什麼。
七百四：要反對什麼？
五十九：第二點，本幫人數眾多，我們該支持什麼，就支持什麼。
七百四：啊？
五十九：第三點，本幫人數眾多，為了避免引發不必要的誤會，不管走到哪裡，都要號稱是「路過」。
七百四：真俗辣！

五十九：訓話完畢，司儀高喊，「開動！」
七百四：這我聽懂了，「開動」就是「出發」，準備火拚、開打了！
五十九：不，「開動」，就是「開動」。
七百四：什麼？
五十九：我開動，就把包子吃光了。
七百四：去你的！

後台秘辛

以上，是《瓦舍說金庸》這齣戲的第一段〈一二三〉的開場，可以獨立命名為「包子幫」。確實，創作的時候，這個段落也是獨立完成的，再裝載到這裡。

順帶要謝謝《寶島一村》的兄弟姊妹們，大家七嘴八舌閒聊，供應了我的創作，我占便宜了。

至於第一段為什麼要命名為「一二三」？往下看劇本就明白了。

【五十九和七百四】

「灑滿蔥花」，原是以前一部作品《蔣先生你幹什麼》裡的台詞，一個小段落所用的小點子。不想被年輕人看上了，寫成一個動態圖檔，下載後可以套用在頁面上，如下雪般、煙火般地，持續潑灑蔥花。

我搶回來用用。

五十九和七百四，也是個人創意回收，最初的發想在一九九八年，為《狀元模擬考》設定人物。一位進京趕考的書生，名為「伍實久」，實實在在、長長久久。另一位是京城客店的店東「戚百嗣」，望文生義，生殖能力強。

但從數字諧音的背後意義看，七百四代表「多而豐富」，五十九則是「剛好不及格」。在《狀元模擬考》劇情中，伍實久得中狀元，這個「不及格」的人格，果然恩將仇報，戚百嗣遭到了迫害，諧音一同「敗死」。

中文數字學，「一」者，固然拔得頭籌，昂然屹立，卻也形單影隻。「二」人成雙，最為眾人欣羨。「三」為大數，亦含有總括之意，在《說金庸》劇中，觀點有所展現。「四」，有「穩固」、「完整」之義，但音近「死」，國人所不愛。「五」、「六」、「七」，都是「多」，但不比「八」多，「發」也，多多益善。「九」乃登極之數，已是最多。「十」是完美，一般人不能、也不該享有，「十全老人」只有一個。「百」為貪念，「千萬」即奢望，「億兆京垓」？超過百姓概念了！

在數字意義上，雖說「四」的文字大寫是「肆」，但「肆」意義多用，其中之一，是街頭、市集的意思。北京城區內兩個重要的地點，用正體字寫，應是「東肆」和「西肆」，這一下，你就看懂原來的意思了。要知道，「四」並不是「肆」的簡寫，一如面子的「面」，無關於麵包的「麵」，簡體字的壞處極多！我親耳聽到路人在路牌前抱怨：「哎呀！都東四十條啦！下一條豈不是東三十九條？走錯了吧？」

傳統對口相聲，將主說者稱為「逗哏的」，幫腔者稱為「捧哏的」，隨著發展，甚至規定了站的位置、表演的準則。我始終認為，若要相聲保持「發展」、「進步」的可能，就要容納見解、保持彈性。近三十年，【相聲瓦舍】作品走出了一條有藝術特色的路，要用既有的相聲理論框範，不完全說得通，「捧」、「逗」之描述，不盡然能套用在馮、宋，甚至「黃」（編按：黃士偉，【相聲瓦舍】主要演員）等之身上。

於是，我追尋自己以前的創意，創造「擬角色」。傳統戲曲有所謂「行當」，「生旦淨丑」。「捧」、「逗」之說，接近行當，但不免限制創作，引誘落入窠臼。見在劇本上稱表演人為「A」、「B」，「甲」、「乙」，尤其不悅！這麼冷酷！無名無姓，連個「傻」、「愣」、「怪」的稱呼都不給？不負責任嘛。曾經一段時間，我在表演人的位置，直接寫上「馮」、「宋」、「黃」的全名，但最近有所領悟，這些劇本，如果日後獲得他人喜愛，也要搬演，這演員的名字，是否會限制了想像？又或者，形成比「捧」、「逗」還要有框範的枷鎖，阻止了發展和進步？

又要有創作特色，又要給作品留活路，給介乎演員和角色之間的「擬角色」取名「五十九」和「七百四」，是現在的最佳判斷。我是一個隨著想法改變而改變行為的創意人，這套見解以後說不定又推翻了。

劍、鉤、刀

兵器，是中國古代冶煉鍛造技術的實證，亦是文化表徵。所謂「十八般」兵器，泛指「多」，而非限定「十八種」。武學有武學的說法，小說有小說的呈現，我的說法，來自傳統相聲：

刀、槍、劍、戟、斧、鉞、鉤、叉，

鞭、鐧、錘、撾、钂、棍、槊、棒。

拐子、流星，

刀、劍，是最泛用的隨身兵器。劍為「兵刃之君」，文人佩劍，是為禮器，「季札掛劍」是春秋美談。「趙客縵胡纓，吳鉤霜雪明」，「吳鉤」是劍的名字，並不是一把鉤。

「劍器」是唐朝的舞曲，並不能胡解為「劍這件兵器」，草聖張旭曾因為觀賞公孫大娘的「劍器舞」，而跨界引用到草書的表現。觀察張旭的書帖，可以推知，「劍器」是「彩帶舞」，若一定要聯想到兵器，那麼，小龍女的「金鈴索」恐怕最為接近。

三國梟雄曹操有兩柄寶劍，一柄名為「青釭」，另一柄叫「倚天」。

郭靖所打造的「倚天劍」和「屠龍刀」已成經典，我們卻不得不重視一項資訊。「倚天」、「屠龍」蘊含著大秘密，其造型、規格絕不可能搶眼。更何況，監造者郭靖是個什麼樣的性格？絕無

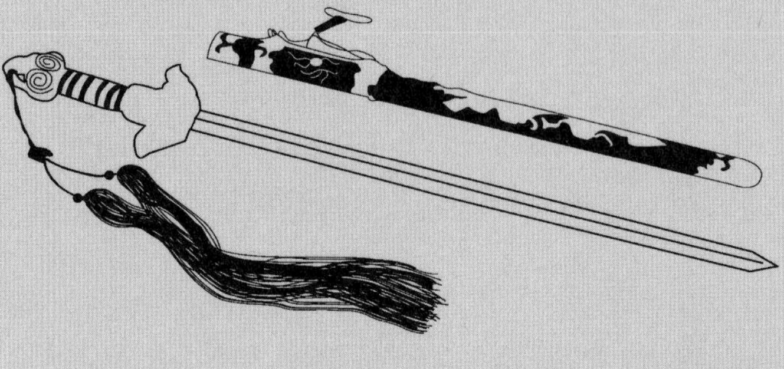

劍

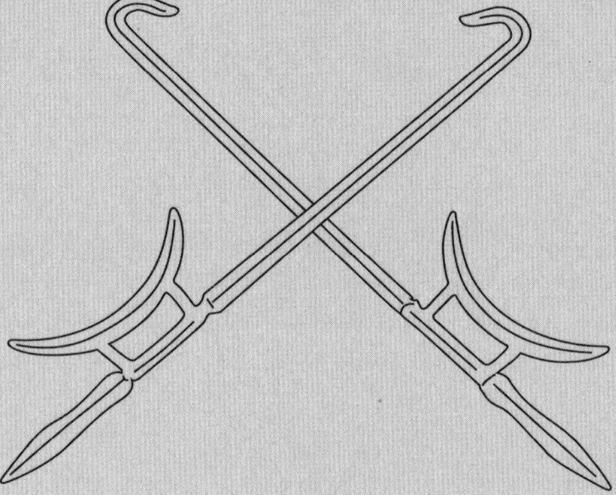

雙鉤

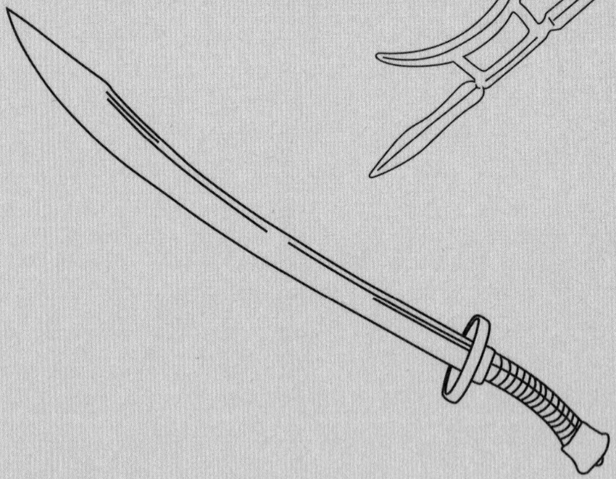

柳葉刀

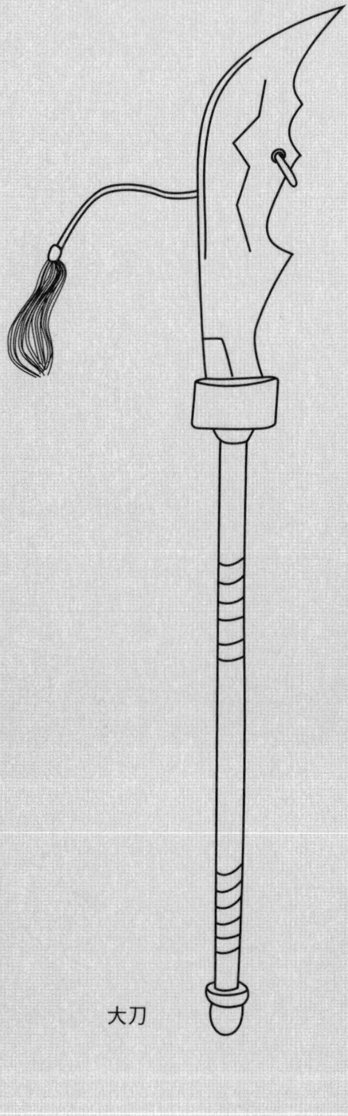
大刀

可能超出當時代對刀劍的形制見解。

倚天劍問世，交給了郭襄，以女兒之身配掛，三尺足矣！滅絕師太、周芷若以繼承者身分用之，趙敏也搶去玩，顯見對女性應手適切。

張翠山的出類拔萃，表現在對兵器運用的私房見解上，他武當七俠皆是劍術高手，唯獨張五俠的兵刃變形了，融匯了書法意境，「爛銀虎頭鉤」配上「鑌鐵判官筆」，好一派「銀鉤鐵劃」！

俞岱巖發現海沙派折騰屠龍刀，有對外形的描述：「三尺來長的一柄單刀，黑黝黝的毫不起眼。」宋朝的「三尺」，約合今日一百公分。

低調、沉潛、不起眼，這才符合「埋藏秘密」的特性。江湖上常有二三流貨色打造倚天屠龍，或為畫片、或為道具，一個個光華奪目、妖裡妖氣，差遠了！

第二章 批

棒號打狗，見狗便打，事所必至，豈有他哉？

——為救郭襄，黃蓉與李莫愁對陣時拌嘴。

【之光】

《水滸傳》裡有一百零八位好漢，各有各的名號。其中，「青面獸」楊志，自稱是「天波楊府」的後人，這一點，與岳飛部將楊再興自報家門時雷同。因此，楊再興的後人楊鐵心，也與「青面獸」沾親帶故。又，「賽仁貴」郭盛，這個渾號的由來，乃是他的兵器方天畫戟，與唐朝名將薛仁貴一般，故稱「賽仁貴」。楊鐵心的把兄弟郭嘯天，手持一對短戟，自稱是郭盛的後人。

金庸先生的兩部名著，《射鵰英雄傳》的主角郭靖，和《神鵰俠侶》的主角楊過，都和梁山好漢有血緣關係。

一百零八個好漢，一百零八個別號，或與相貌有關，或與專長相稱。一百零八個頭領，都是梁山上的代表性人物。梁山因有他們而顯赫、光彩，他們個個都是「梁山之光」？

因此，按照座次，宋江是「梁山之光」一號，不必「及時雨」或「呼保義」。林冲是「梁山之光」六號，不必「豹子頭」。楊志是「梁山之光」十七號，郭盛則是五十五號。

省去別名、渾號，多麼省事。

這樣的《水滸傳》還有什麼好看？也不可能成為「奇書」。

按此邏輯，「華山論劍」後，自有北方「華山之光」洪七公、西方「華山之光」歐陽鋒……

我再寫下去，讀者會不會想打我呀？

那麼，我們怎麼容忍這個社會，只管往傑出選手、創意人的頭上，安上全無創意、不負責任的刻板頭銜「台灣之光」？給為國爭光的好手，取個獨特的別號，連這份心都不用，有什麼媒體道義？對於能否頂著「台灣」這個字眼，這麼焦慮嗎？蕭峯居然錯在他是契丹人？特愛強調地域性的作為，好嗎？

還惡劣的，給言論、行徑、外貌特殊的人士，或胸脯高一點、穿得少一點的女士，故意安上些「男神」、「女神」的封號。稱人為「神」固是無禮，被稱「神」，其人還不明就裡，沾沾自喜。略具中華文化素養便知，歷史上，有爭議、不光彩的執政者，往往廟號「神宗」，不信你去查查？泛政治思維不要搞成「反中華文化」，那就太蠢了。

好的，我們回來看戲，正是關於「中國人」。

劇本一之二

七百四：我發現一個中國人的習慣。
五十九：什麼習慣？
七百四：講話的時候，都是特意強調，有「三點」。
五十九：這可以說是根深蒂固的民族性。
七百四：喔？你剛才致詞的時候，為什麼也是特意強調「三點」呢？
五十九：因為金庸先生在他的武俠小說裡，也多次的出現「三個約定」。
七百四：例如？
五十九：例如張無忌擔任明教教主，也和教眾約法三章，明教弟子彼此間不得鬥毆，明教不得向其他武林門派尋仇，立刻迎回金毛獅王，三件事。
七百四：是。
五十九：金庸先生做為一個小說創作者，是有所依循的。
七百四：依循著什麼？

五十九：漢文化。
七百四：怎麼說？
五十九：漢文化，以「三」這個數目字，為極限。
七百四：有嗎？
五十九：《左傳》，「一鼓作氣，再而衰，三而竭。」
七百四：是。
五十九：《論語》，「三人行，必有我師焉。」
七百四：有。
五十九：《三字經》，「三才者，天地人，三光者，日月星，三綱者，君臣義，父子親，夫婦順。」
七百四：都是三。
五十九：漢高祖劉邦進咸陽，與父老「約法三章」。
七百四：「殺人者死，傷人及盜抵罪。」
五十九：不准殺人，不准傷人，不准偷搶別人的東西。
七百四：夠清楚了。

五十九：所謂「漢文化」，準確地說，就是自大一統的漢朝以來，從劉邦開始，中原的執政者遂行管理、統治下的人民生活總記錄。

七百四：這麼說也對。

五十九：而「三」這個數字所帶來的總體影響很大。

七百四：喔？

五十九：多的不說，就說說幾部文學名著。

七百四：都有？

五十九：《三國演義》裡，有三讓徐州、三顧茅廬、三戰呂布。

七百四：對。

五十九：《西遊記》裡，有三調芭蕉扇、三打白骨精。

七百四：有。

五十九：《水滸傳》裡，有三入死囚牢、三打祝家莊。

七百四：欸。

五十九：《金瓶梅》的金、瓶、梅，指的就是三個女人。

七百四：啊。

五十九：「事不過三」也成為日常生活的概念。
七百四：對。
五十九：小朋友調皮不聽話，媽媽就數三聲，「一！二！三！」
七百四：我最怕聽這個。
五十九：宋少卿先生昨天晚上回到家，比平常晚了三分鐘，宋夫人基於關心，就問了。「親愛的，去哪裡了？」
七百四：「妳，別問了。」
五十九：「好啊，你敬酒不吃吃罰酒，一！」
七百四：「啊？」
五十九：「二！」
七百四：「我在路上遇到塞車。」
五十九：「嗯，人家是關心你嘛！」
七百四：「好了，去睡吧。」
五十九：「嗯，你也來嘛。」
七百四：「妳先去睡。」

五十九：「嗯，你不來人家睡不著嘛。」
七百四：「一！」
五十九：「事不過三」更是政治手段。
七百四：喔？
五十九：陶謙讓徐州，一讓，劉備不順從。
七百四：怕人家說他僭越。
五十九：二讓，劉備不答應。
七百四：怕人家說他急。
五十九：三讓，陶謙都斷氣了，劉備勉強接受了。
七百四：假仙！
五十九：後來曹丕也是，漢獻帝讓位，請他做皇帝，曹丕也是一讓、再讓、三讓。
七百四：太假了！
五十九：更別提後面這些候選人了，什麼時候宣布參選，還要一次兩次三次。
七百四：拖拖拉拉不痛快。
五十九：其實這都表現出對漢文化的推崇。

七百四：啊？

五十九：古典小說裡，甚至會特意安排樁腳，表現「三」的文化。

七百四：都有誰？

五十九：最明顯的，是《西遊記》，主要人物之一，就叫「唐三藏」。

七百四：三在這裡，很明顯。

五十九：不太明顯的，是《水滸傳》，主角宋江有個外號，叫「孝義黑三郎」。

七百四：有。

五十九：最不明顯的，是《三國演義》。

七百四：他書名就叫「三國」了，還不明顯？

五十九：我是說書裡的人，你仔細想想，誰的名字裡有「三」？

七百四：咦？

五十九：於是，作者取了一個巧，派了一個「張三」。

七百四：在哪裡？

五十九：埋伏在整本書裡！

七百四：誰呀？

五十九：「三將軍」，張翼德呀！
七百四：他是張三哪！
五十九：金庸小說，遵奉著道統，也有許多叫「三」的人物。
七百四：張三丰。
五十九：武三通、岳老三、吳三桂。
七百四：很多。
五十九：以及全真三子、江南三怪。
七百四：（糾正）全真「七」子、江南「七」怪。
五十九：你平常不是很聰明的嗎？今天是怎麼了？
七百四：我怎麼了？
五十九：全真七子，不是每一次都七個一起出現。
七百四：對。
五十九：只來了三個，我們是不是稱之為全真三子呢？
七百四：也對。
五十九：那江南七怪？

七百四：其中三個，懂了懂了。
五十九：還有武當三俠。
七百四：（假溜，對觀眾）注意，是武當七俠的其中三個。
五十九：武當三俠，俞岱巖俞三俠，最早發現屠龍刀，但是被害得很慘的那個人。
七百四：你拐我？
五十九：金庸小說裡，好幾個重要情節，都離不開「三件事」。
七百四：都有？
五十九：令狐冲和任盈盈，婚前約法三章。
七百四：他們也約法三章？
五十九：大事由令狐冲決定，小事由任盈盈決定，但什麼是大事？什麼是小事？由任盈盈決定。
七百四：挺經典的。
五十九：此外，黃藥師在桃花島考女婿，郭靖、歐陽克，各要面對三道考題。
七百四：有。
五十九：楊過給郭襄三枚金針，答應為她做三件事。

七百四：有。
五十九：滅絕師太傳位給周芷若，也要她發誓，答應三件事。
七百四：有。
五十九：最經典的，就是張無忌答應為趙敏做三件事。
七百四：有。
五十九：張無忌與趙敏，後來隱居。某一天，趙敏忽然提起，「無忌哥哥，你答應要為我做三件事，還算數嗎？」
七百四：來了。
五十九：張無忌心頭一驚！第一件事，是帶她去看屠龍刀。第二件事，是不可以和周芷若拜堂。這兩件事，雖說都不違背俠義之道，都可謂是千驚萬險。張無忌此時聽說要辦第三件事了，不免擔憂起來。
七百四：這第三件事，確實是不好辦哪。
五十九：「無忌哥哥，我眉毛太淡了，你幫我畫眉。」
七百四：夫妻的閨房之樂。
五十九：張無忌高高興興，提起筆來，剛要畫眉，「格兒……」窗子開了。

七百四：有鬼。

五十九：周芷若在窗外。

七百四：他們三角關係。

五十九：手一鬆，一支筆，就掉到桌上了。

七百四：趙敏的眉毛就沒有畫。

五十九：何止眉毛沒畫，周芷若還進而要求張無忌，不准和趙敏結婚。

七百四：這太霸道了。

五十九：張無忌這一次硬起來了！

七百四：怎麼硬的？

五十九：好，我就不結婚了，但是我和她照樣過日子，照樣生娃娃！

七百四：這種事，是得硬起來。

五十九：周芷若還說呢，「只怕你和她照樣過日子，照樣生娃娃，心裡想的卻是我周芷若！」

七百四：這女人，太毒了。

五十九：金庸小說裡，下毒，寫得也很別緻。

七百四：說說。

五十九：著名的毒藥，有「三尸腦神丹」。

七百四：日月神教控制教眾的毒藥。

五十九：所謂「三尸」，是人身體裡的惡性寄生蟲，分為上中下三段，三尸不除，一個人貪吃、貪財、貪戀女色的惡習就越來越明顯。三尸蟲發作，一個人就會穿上特別俗豔的衣服，狂喜、暴怒，開始咬人。

七百四：太恐怖了。

五十九：中毒者終生無解，每年端午節前，就要向控制者領取壓制藥物，控制尸蟲不發作。

七百四：太殘忍了。

五十九：另一種是「三笑逍遙散」。

七百四：這種聽起來挺愉快。

五十九：愉快？這是逍遙派的毒藥，中毒者起先沒有感覺，但是會陸續發出三聲怪笑，第三聲笑完，就一命嗚呼！

七百四：這也太慘了吧！

五十九：我們的相聲裡就摻和了三尸腦神丹和三笑逍遙散的比例配方。

七百四：啊？

五十九：觀眾每次來看演出，笑聲不可以少於三次。

七百四：啊？

五十九：（隨便指兩個觀眾）你們兩個，從開演到現在，只笑了一次，太少了。

七百四：這你都注意到啦？

五十九：凡是看過現場演出的，每年都得回到現場來看新節目，以免毒藥發作。

七百四：是呀？

五十九：這就是我多年來暗暗控制觀眾的秘方。

七百四：我們是邪教啊？

五十九：你不要得意，你中毒更深。

七百四：我？

五十九：你有沒有覺得，如果不上台做表演，就渾身不對勁呢？

七百四：咦，你一說我就感覺到了……這是中毒了呀？

五十九：還有「三蟲三花膏」。

七百四：（糾正）「七蟲七花膏」。

五十九：你腦子不靈光。
七百四：怎麼呢？
五十九：「七蟲七花」？其中有沒有「第三種蟲」和「第三種花」呢？
七百四：有。
五十九：「三香軟筋散」。
七百四：（糾正）「十香軟筋散」！
五十九：你發作了呀？不能舉一反「三」的呀？
七百四：我……能，他有第三種香。
五十九：武術上更是有「三」。
七百四：有？
五十九：三傷拳。
七百四：（低調更正）七傷拳。
五十九：三脈神劍。
七百四：六脈神劍。
五十九：獨孤三劍。

七百四：獨孤九劍。
五十九：降龍三掌。
七百四：降龍十八掌。
五十九：三陽指。
七百四：一陽指！（想通了）等一下！
五十九：怎麼樣？
七百四：還怎麼樣？從一到七，包括三，從一到九，包括三，從一到十八，包括三。從一到一，就是一，一陽指！三在哪裡？
五十九：請問您，一陽指是哪一指？
七百四：什麼哪一指？十根指頭都可以使出一陽指。
五十九：十根指頭都可以？
七百四：對。
五十九：（對著七百四，雙手比中指）那包不包括第三指？
七百四：這……算我自找的。

黃藥師的三道考題

出自《射鵰英雄傳》第十八回〈三道試題〉。西毒歐陽鋒替姪兒歐陽克求親，北丐洪七公替徒弟郭靖保媒，兩方都欲求娶東邪黃藥師的女兒黃蓉。黃藥師看郭靖「只覺得這楞小子實是說不出的可厭」，存心偏袒歐陽克，所以「只得出三個題目，考兩位世兄一考。那一位高才捷學，小女就許配於他。」

一，在松樹上比試。歐陽鋒對郭靖，洪七公對歐陽克，長輩傷小輩算輸，先落地者輸；

二，黃藥師吹奏樂曲，讓歐陽克與郭靖打節拍，打得好的人勝；

三，讓歐陽克與郭靖背誦黃蓉之母臨終前默寫的《九陰真經》殘本，背得多者勝。

第一場，郭靖以摔跤技贏了；第二場，黃藥師評判兩人平手；第三場，因為老頑童周伯通事先捉弄郭靖，逼他默背過《九陰真經》，故郭靖勝了。

楊過的三枚金針

出自《神鵰俠侶》第三十五回〈三枚金針〉。郭襄跟著「神鵰俠」到了萬獸山莊，因為姊姊郭芙來尋，只得依依不捨地離開。楊過發現這個跟了自己一程的「小妹子」居然是十六年前懷抱過的嬰兒，憐惜之情油然而生，於是給了郭襄三枚小龍女平時使用的金針暗器（僅止古墓派一家，別無分號），答應她可以此為憑，提出三個要求。小郭襄的三個要求是：

一，「我要你取下面具，讓我瞧瞧你的容貌。」

二，「今年九月廿四我生日那天，請你到襄陽來，讓我再見你一次，跟我說一會子話。」

三，「不論楊大嫂是不是能和你相會，你千萬不可自尋短見。」

附帶一提，第二枚金針之約，楊過送給郭襄的禮物也是三件：蒙古兵的耳朵、傳訊燒蒙古糧草的煙花、揭穿霍都身分的達爾巴。

周芷若的三件毒誓

出自《倚天屠龍記》。萬安寺中，六大派門人被困，心高氣傲的峨嵋派掌門滅絕師太已存死志，於是找來徒兒周芷若，逼著她立誓做三件事：

一，接任峨嵋派掌門，光大門戶；

二，以美色相誘，騙張無忌去取屠龍刀後奪過來；

三，對「魔教小淫賊」張無忌只許假意相愛，不許付出真心。

金庸小百科

三尸腦神丹

毒藥名，出自《笑傲江湖》，日月神教用來控制教徒及江湖人士的丹藥。功效根據原文所述：「服了教主的腦神丹後，便當死心塌地，永遠聽從教主驅使，否則丹中所藏尸蟲便由僵伏而活動，鑽而入腦，咬嚙腦髓，痛楚固不必說，更且行事狂妄顛倒，比瘋狗尚且不如。」「服下之後，每年須服一次解藥，否則毒性發作，死得慘不堪言。」剝除了紅色外皮之後，亦有當成刑具的功效。

三笑逍遙散

毒藥名，出自《天龍八部》，為星宿老怪丁春秋所使的毒藥之一，是用內力將毒彈至對方身上。但若面對比自己內力高強的敵人，擅使可能反彈自身。「此毒中於無形，中毒之初，臉上現出古怪笑容，中毒者自己卻不知道，笑到第三笑，便即氣絕身亡。」

七蟲七花膏

毒藥名，出自《倚天屠龍記》。王難姑《毒經》載道：「七蟲七花膏，以毒蟲七種、毒花七種，搗爛煎熬而成，中毒者先感內臟麻癢，如七蟲咬嚙，然後眼前現斑斕彩色，奇麗變幻，如七花飛散。七蟲七花膏所用七蟲七花，依人而異，南北不同，大凡最具靈驗神效者，共四十九種配法，變化異方復六十三種。須施毒者自解。」此毒藥配法上百，如不知是哪七蟲、哪七花，只要認錯其中一種，解毒時便有斃命之虞。

十香軟筋散

毒藥名，出自《倚天屠龍記》。由西域番僧獻給汝陽王府，趙敏用此毒藥將六大派上光明頂的一干人等盡數擄走，關在萬安寺中。此毒藥：「無色無臭，味同清水，混入菜餚之中，絕難分辨得出。這毒藥的藥性一發作，登時全身筋骨酸軟，過得數日後，雖能行動如常，內力卻已半點發揮不出。」

七傷拳

武功名，出自《倚天屠龍記》，本屬崆峒派。謝遜曾奪走《七傷拳譜》，後傳授給張無忌。七傷拳「一拳之中共有七股不同勁力，或剛猛，或陰柔，或剛中有柔，或柔中有剛，或橫出，或直送，或內縮。敵人抵擋了第一股勁，抵不住第二股，抵了第二股，第三股勁力他又如何對付？」但內功不夠深厚者，練之有極大副作用：「每人體內，均有陰陽二氣，金木水火土五行。心屬火、肺屬金、腎屬水、脾屬土、肝屬木，一練七傷，七者皆傷。這七傷拳的拳功每練一次，自身內臟便受一次損害，所謂七傷，實則是先傷己，再傷敵。」

六脈神劍

武功名，出自《天龍八部》，屬大理段氏，《六脈神劍經》藏於天龍寺。此乃以一陽指的指力化作劍氣，為一種「無形氣劍」，有少商、商陽、中衝、關衝、少衝、少澤六路劍法。但受限於所需內力必須極深厚，故此門武功「也只是傳聞而已，沒聽說曾有那一位祖先會此功夫，而這功夫到底如何神奇，更誰也不知。」段譽因誤習北冥神功，身上吸得許多人的內力，進而習得「六脈神劍」。但施展時靈時不靈，威力雖然極大，卻常常「掉漆」。

獨孤九劍

武功名，出自《笑傲江湖》。為獨孤求敗所創，由華山派劍宗高手風清揚傳授給令狐冲。共有「總訣式」、「破劍式」、「破刀式」、「破槍式」、「破鞭式」、「破索式」、「破掌式」、「破箭式」、「破氣式」九劍。招招進攻，攻敵之不得不守，有進無退。

降龍十八掌

武功名，丐幫武學。根源於《易經》，講究的是「泰極否來，否極泰來」，雖以強力出擊，但仍留有餘力。新修版《天龍八部》中，蕭峯所使共有「降龍廿八掌」，後刪繁就簡，傳世「降龍十八掌」。《射鵰英雄傳》中，由洪七公傳授給郭靖。十八掌名稱如下：亢龍有悔、飛龍在天、龍戰於野、潛龍勿用、利涉大川、鴻漸於陸、突如其來、震驚百里、或躍在淵、神龍擺尾、見龍在田、雙龍取水、時乘六龍、密雲不雨、損則有孚、履霜冰至、羝羊觸藩、笑言啞啞。

一陽指

武功名，大理段氏武學。《射鵰英雄傳》中，「中神通」王重陽曾經以先天功與「南帝」段智興交換一陽指絕技，詐死以破西毒歐陽鋒的蛤蟆功。一陽指加上先天功打通周身經脈各大穴道，可有療傷之效，但施為者元氣大傷，五年之內武功全失。若論指法，一陽指堪稱「金字招牌」。

【引喻失義】

一個聚會場合，聽司馬中原先生談及「武俠」，大意是現代人看影視作品，玩虛擬遊戲，言論、創作涉及武俠的時候，總是「窮兵黷武」，追求更厲害的武功，卻忘記了行「俠」。路見不平，拔刀相助，是俠情的基本行動。有時，是一些不會武功的人勇敢站出來，這般俠膽，比之武功高強、卻不問人間疾苦的武夫要高明得多。

郭靖，無論如何是個「俠」。《射鵰英雄傳》第十一回，中都趙王府外，丘處機嘉許郭靖的人品，對江南六怪（張阿生已死）認輸：

「我這孽徒人品如此惡劣，更萬萬不及令賢徒。咱們學武之人，以品行心術居首，武功乃是末節。貧道收徒如此，汗顏無地。嘉興醉仙樓比武之約，今日已然了結，貧道甘拜下風，自當傳言江湖，說道丘處機在江南七俠手下一敗塗地，心悅誠服。」

楊過的「神鵰俠」稱號，也在郭靖「為國為民」的感召下昇華。歐陽鋒習武成痴，從來不在乎行「俠」。現代人隨口「武俠武俠」，喜歡看絢麗武術的偏好，遠遠大過靜心理解以服務、利他為宗旨的俠情。武俠之俠，淪落為「武」字的輔助詞，隨口一說，不求甚解。

現代人以不求甚解為開端，進而引喻失義的用語不勝枚舉，例如「黑臉白臉」。以為自己在事件中當了壞人，是「扮黑臉」？剛好相反！戲台上，黑臉的包公，是好人，白臉的曹操才是壞蛋！這個詞的源頭來自傳統戲曲，不溯其源，浮泛濫用，引喻失義。

媒體喜歡耍可愛，為求與大眾偏好連結，也經常引用一些自己其實不懂的詞。「大學生經常在校園失竊腳踏車，於是組成社團，『扮柯南』，把腳踏車找回來了。」一則原是社會光明面的報導，起因於「不正經」，不原原本本描述事實，卻要引用有名、但自己沒看過的卡通主角的名字，以為這樣「很輕鬆」？真正看過《名偵探柯南》的人都知道，柯南所到之處，必是發生了「殺人事件」。「扮柯南」找腳踏車？引喻失義。

生在一個眾人以「不好意思」為發語詞，語句中反覆重複「然後」的時代，世人自己毀壞了語言能力，再厚顏來問「收不收徒弟」？我……好比丘處機，得向這個「廢話時代」認輸，苦呀！

再舉例下去，就得寫成另一本書了。

斧、鉞

斧、鉞（音越）是同類型的兵器。斧經常以成對的方式出現，《水滸傳》的黑旋風李逵，雙板斧最為出名。

「半路殺出個程咬金」，瓦崗寨的混世魔王，用的則是開山長柄大斧，俗稱「鉞」。

鉞

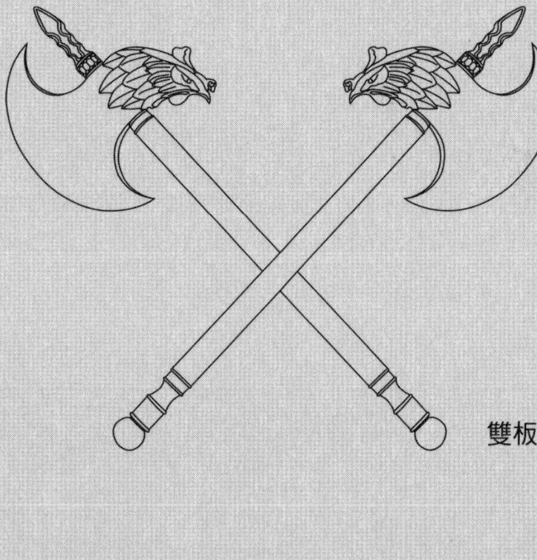

雙板斧

第三章 饞

我也只想吃鴛鴦五珍膾一味。

——臨安皇宮樑上，洪七公對周伯通說。

【食肆】

林語堂先生曾列舉最幸福的男人需擁有的「五個條件」：「住在英國人蓋的房子裡」，「屋裡要有美國人裝的水管」，「天天吃著中國菜」，「娶個日本太太」，「再交個法國女朋友」。我對四個項目無有見解，皆因不曾體會所致。但對「吃中國菜」一節，甚有同感。

「京」、「湘」、「川」、「江」、「粵」，傳統五大菜系，因為內戰後的大遷移，都薈萃到台灣來了。將「本地食材」、「日本觀念」、「大陸鄉愁」融於一鼎，「台菜」的陣容越發壯盛。且不論人人愛吃的麵線、肉羹、蚵仔煎，單就「牛肉麵」一則，乃是絕無僅有的「台麵」。不是號稱「川味」、「家鄉風味」？是呀，不是說了，「鄉愁」嘛！

近半個世紀來，中華料理的深耕與發揚，台灣是個重鎮，我們不但饞，也注重食材品質與工序精緻，進而，在意養生，以及土地生息。台灣人的嘴，都被養「刁」了。

上世紀九〇年代，我初次前往大陸，近年隨著工作之便，旅行了大陸許多城鎮，相隔二十年，發現隨著生活品質的改進，人們對於吃，也有了新的態度。一方面，港澳、台灣或海外的飲食習慣，回流影響，也同時刺激了大陸，重整中華料理的質地。不過，對於菜系分類過繁，其間夾雜類似，頗不以為然。

所以我們要有信心，以「質」取勝，《海峽兩岸服務貿易協議》簽訂後對誰有利？真正有能力、可提供高品質服務、立基於「利他」，自己也必定得利。危言聳聽，誤導觀念，以求利己，丁春秋、木高峯之流！

在北京的長輩家裡吃一碗陽春麵，青菜、熱湯，麵上頂著一顆半熟荷包蛋，那真是最美味的東西。在網路討論區裡，經常可見旅行者提問：「哪一家的炸醬麵好？」總有這樣的回答：「我姥姥家的。」還就真有人提議：「訂個日子，咱上你姥姥家吃去？」真是互討沒趣。

到了杭州，遇到過何止三次，對計程車司機說：「西湖『樓外樓』。」司機不耐煩地說：「去『樓外樓』幹什麼呀？吃醋魚呀？不好吃的呀！」「怎麼？您吃過？真不好吃？」「我不用去他那裡吃呀，我是本地人呀，我們自己會做的呀。」「走，我上您家吃去？」「那倒不方便的呀。」「看來，還得去『樓外樓』。」

不然怎麼辦？在大陸吃飯，除非有在地人熟門熟路帶領，否則別說好不好吃，進錯餐廳，拉不拉肚子都沒把握！

少油、少鹽、少調味，原地食材，原形、原味，這「三少三原」，已是現代人攝食的應有觀念。我經常隨團在外巡迴演出，要求「三少三原」，不是每次都能辦到，所以，不怕麻煩的，買了一個電爐，寄存在道具箱裡。

這下可好！煮麵、炕餅、蒸饅頭，燉菜、涮肉、汆丸子。冰箱配合得好，有冷凍庫的，還可以存一點餃子、湯圓什麼的。我在旅行途中學會了冰糖銀耳燉梨湯，時間到了，總有閒雜人等端著空碗來我房間看看。

有些旅館對房間內開小伙有意見，為了避免煩惱，每餐後必須快洗餐具，並收整妥當。演出很累、旅行演出更添辛苦，但是，民以食為天，如果能夠以自己的烹調維繫心境，甚至提升旅行品質，為何不做？許多地方都已去過多次了，沒有那麼多名勝古蹟、高檔商場值得每次都去。不如買個菜，簡單料理，留在房間，讀書寫字看光碟，美哉！

這齣戲、這本書的部分篇章，就是在這樣的情境下創作的。

有個學生夢到我，去看她演戲，順便帶她吃東西。我笑說：「夢裡，把我和演戲、吃喝連成一串，算妳明白我的氣質！好吧，想吃什麼，我請客！」

大家都對黃蓉做菜，以換洪七公教郭靖「降龍十八掌」津津樂道。是的，口腹之慾的滿足，與學習吸收的效益成正比，至少我同意。

而且，最好的食肆，在自己手下。

繼續看戲，還在「三」的觀念裡。

劇本一之三

五十九：還有一樁跟「三」有關的歷史事件。
七百四：願聞其詳。
五十九：襄陽城的百姓，生活困苦，曾經多次衝撞城門，警告朝廷。
七百四：有這種事？
五十九：其中有三次，特別引起關注，史稱「三撞襄陽城」。
七百四：這麼大的事情金庸先生不知道嗎？
五十九：我猜他一定知道。
七百四：書裡寫了嗎？
五十九：書裡沒寫。
七百四：這麼大的事情金庸先生怎麼沒寫在書裡呢？
五十九：這怎麼能寫在他的書裡呢？所有的事情他都寫了，別的作者還怎麼發揮呢？我打從心裡佩服金庸先生，高抬貴手，留了很多素材，留給我來寫。

七百四：自己往臉上貼金！

五十九：更何況，「三撞襄陽城」事件的核心人物，是郭靖。

七百四：死守襄陽，為襄陽鞠躬盡瘁。

五十九：為國為民，俠之大者。有爭議的事件金庸先生不提，當然是給他留面子。

七百四：是嗎？

五十九：蒙古騎兵集結襄陽城外，城門口的外來觀光客越來越多，等著看熱鬧。

七百四：啊？

五十九：其中有一些確定是蒙古奸細。天天聚在那兒拍照。

七百四：啊？

五十九：我是說，畫畫寫生。於是，有心人就把這種百姓撞城門的現象，無限上綱，做過度的解釋。「哎呀！襄陽城是兵家必爭之地，有人半夜撞門，莫非代表蔥和香菜要漲價了？」

七百四：這有什麼關聯哪？

五十九：老百姓辦活動，喜歡「灑滿蔥花」，蔥花供不應求。

七百四：是呀？

五十九：「襄陽是大宋疆界的象徵，有人半夜撞門，莫非代表雞腿也要漲價了？」

七百四：這也太牽強了吧？

五十九：於是，有人發現，撞城門，會引來注意力，引發討論。

七百四：有票房。

五十九：對，就開始故意撞門了。

七百四：啊？

五十九：第一次，有個人騎梅花鹿撞門。

七百四：喲。

五十九：噹！梅花鹿撞死了。

七百四：嗐。

五十九：獸醫到現場勘驗，居然發現，這梅花鹿的耳朵裡，有毛！好事者利用此事唱高調，「郭靖郭大俠！梅花鹿的耳朵裡有毛，您看到了嗎？」

七百四：郭靖死守襄陽城，是民族英雄。

五十九：但是也不能把所有雞毛蒜皮的事情，都賴在郭靖頭上！

七百四：說得是呢！

五十九：沒多久，蒙古人果然來了！領導蒙古大軍攻襄陽的，是四王子忽必烈。

七百四：後來開創大元帝國。

五十九：當時的蒙古大汗是蒙哥，他與忽必烈是親兄弟，他們的爸爸是拖雷。

七百四：哎喲。

五十九：拖雷和郭靖互稱「安答」，親如兄弟。

七百四：一起在草原上長大。

五十九：郭靖之所以挺身而出，幫忙固守襄陽，也就是衝著這一點。

七百四：想要對蒙古的老朋友動之以情，忽必烈也是晚輩。

五十九：誰理你呀！第二次撞門又是半夜三更，一個人騎驢睡著了，誤撞。

七百四：騎驢的人睡著了，那驢子傻呀！自己瞎撞！

五十九：是驢子睡著了。

七百四：真傻！

五十九：驢子撞死了，獸醫來勘驗，發現驢子的耳朵裡也有毛。好事者又唱高調，「郭靖郭大俠！驢子的耳朵裡也有毛，您看到了嗎？」

七百四：又賴給郭靖？

五十九：郭靖管不了，自己家庭問題太嚴重。

七百四：家庭問題？

五十九：郭芙砍了楊過的手，郭靖大發雷霆，要砍郭芙的手。黃蓉點了郭靖的穴，連忙護著郭芙，逃出襄陽城。

七百四：情緒低落。

五十九：何止情緒低落！當時，小女兒郭襄剛剛出生，就被小龍女綁票了，輾轉落到赤練仙子李莫愁手上。郭媽媽黃蓉，郭大姊郭芙，郭小妹郭襄，郭家的女人，老的、大的、小的，都不在家。

七百四：煩哪。

五十九：就剩下雙胞胎小弟弟郭破虜，在那兒哇哇哭。

七百四：煩哪。

五十九：黃蓉武功高，點穴下手又重，郭靖眼巴巴看著兒子哭，動彈不得。心想，好，老婆跑了，這小的餵奶怎麼辦？換尿布怎麼辦？

七百四：太煩了。

五十九：誰還管得了小毛驢撞城門哪！

七百四：郭大俠，老百姓的痛苦
怎麼辦呢？

五十九：郭大俠老婆有個性、女兒不聽話，他自己的痛苦怎麼辦呢？

七百四：唉。

五十九：第三次老百姓撞城門，就是完全故意的了。

七百四：哎喲！

五十九：一個牛車司機，自己的婚姻不順利，打官司不順心，拿城門出氣。駕著拉貨的牛車，撞門！

七百四：牛那麼慢，怎麼撞？

五十九：因為趕車的人發現，牛，不但耳朵裡有毛，尾巴上也有毛！在牛尾巴點火！

七百四：火牛陣哪！

五十九：匡！這一次把襄陽城撞破了！

七百四：糟糕，蒙古人又來了怎麼辦？

五十九：放心，蒙古人要十三年後才會再來。

七百四：為什麼？

五十九：幾天前，金輪法王被燒死了。蒙古大汗蒙哥，被神鵰大俠楊過用石頭K死了。忽必烈回蒙古爭奪領導權，十三年後才能再度舉兵來攻。

七百四：襄陽得以喘息。

五十九：東邪、西狂、南僧、北俠、中頑童，剛剛在第三次華山論劍排了名次。

七百四：郭靖去華山，不在襄陽。

五十九：我們來研究案情。漢人養的牛，耳朵裡有毛，蒙古人養的羊，耳朵裡也有毛？哎呀！萬一蒙古人羊耳朵裡的毛，賣到中原來，會不會影響漢人牛耳朵毛的價錢呢？哎呀！大宋朝廷居然和蒙古人有勾結，黑箱作業！這樣的朝廷，不要也罷！

七百四：典型的小事化大。

五十九：不要把所有的事情都賴給政府，你活在其中。不要把所有的事件都轉移成政治立場，你也活在其中。

七百四：老百姓撞門，就算了？

五十九：可以用別的方式來表達。

七百四：朝廷的積弱不振，就算了？

五十九：一個朝代有一個朝代的命運，勉強不得。

七百四：你的意思是說，就任由蒙古人再來？

五十九：確實沒什麼好擔心的，蒙古人再來，襄陽就被攻破了，南宋就亡國了，元朝就創建了，一個新的時代開始了。物換星移，後面還有明朝、清朝，幾百年之後，我本人也去過襄陽古城，陽光燦爛，一片祥和，著名的大河，漢水，悠悠地從城牆邊流過。我還在城外的購物中心頂樓，看了一部熱鬧的電影。

七百四：哪一部？

五十九：《變形金剛》，三。

七百四：也三。

五十九：所以，對南宋而言，蒙古人統治，有什麼可怕的？到時候，所有的南方人也不過就都成了賤民。感覺不公平？什麼事情還等郭大俠來幫你解決？郭大俠打完倚天劍和屠龍刀之後就死了！那，找楊過楊大俠？張無忌張大俠？令狐冲令狐大俠？

什麼事情都要等大俠幫你辦哪？自己都不要出點力氣的呀？唉……襄陽雲雨今安在，漢水東流猿夜聲……

（燈暗。）

段子一演完了。

最後一句，取用自李白的詩〈襄陽歌〉，我置換了兩個字以切題，原句是襄「王」雲雨今安在，「江」水東流猿夜聲。

含有對社會或政治諷刺的相聲內容，在當下始終是最辣、最熱，演出時最有「哏」。但每次我往這個方向走一步時，都不免擔憂，過了這段熱度，或離開了台灣（甚至台北），「哏」就餿了。

各位若有心仔細檢查一下我的作品，會發現，「時事哏」的運用，真的只是一小部分。周美青女士來現場看了這齣戲，並且和我說話：「看，我們家老公幫你編了一個『有毛』的笑話。」我沒說錯吧！夫人總是比大俠的武功高，第一夫人須以優雅的幽默面對諷諫，生在台灣這個自由創作的社會真幸福。

鞭、鐗

「鞭」是一對的，「鐗」也是一對的。有節的稱「鞭」，無節的為「鐗」。

「鞭」的外形，模擬大型哺乳動物雄性陽具，如「虎鞭」、「熊鞭」。戰場上，以陽具之形，羞辱敵手，很實際。

「鐗」有一說，取形於車軸，也對，拿車軸打人，也挺表達了輕敵、蔑視之意。有俗用詞「使出撒手鐗」，意指「已至絕境，兵器撒手拋出，玉石俱焚」。絕無「殺手鐗」之說，亦不存在典故，只有網路謠傳，又是一則發音失準的引喻失義。

瓦崗寨的一對兄弟，秦瓊用鐗，尉遲恭用鞭。魏徵夢斬涇河龍王，李世民失信，夜夜受無頭龍的騷擾。開國元勛秦瓊、尉遲恭，全身披掛，橫持鞭鐗，立於大明宮門，神威凜凜以鎮邪祟，形成了中國門神其中一則由來。

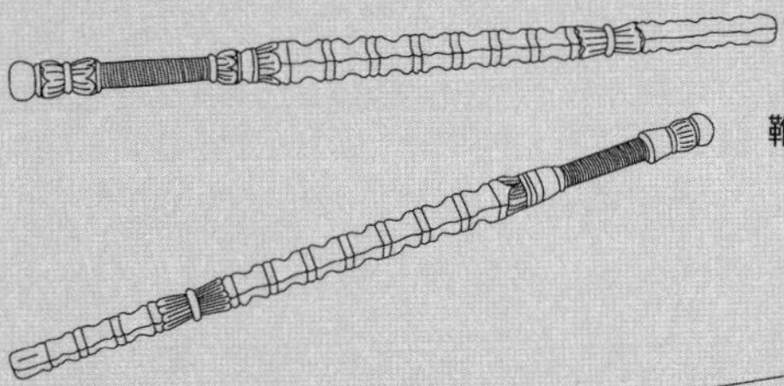

鞭

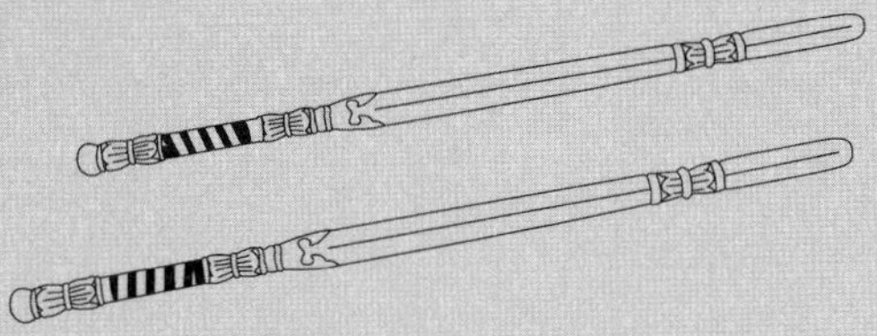

鐗

第四章 戳

你說蒙古人好呢，還是波斯人好？

——船快沉了，趙敏眼望小昭，問張無忌。

【猴王】

還有一種戲台上的鞋子，「快靴」，或稱「薄底」。顧名思義，薄鞋底，且適合快步移動。武打戲、神怪戲穿快靴，孫悟空的快靴是特製的，配合服裝，也是金黃色的。

孫悟空是傳統演義小說、戲曲舞台上的奇特人物。一隻石頭蹦出來的猴子，從獸而演變成妖、魔，因覺醒而進化成俠客、聖賢、神佛。戲台上的孫悟空，不同戲碼所對應的「行當」（角色分類）也不同。大鬧天宮、胡整地府的齊天大聖，渾渾一個妖猴，以武丑應工，武功奇巧繁複，且多表現「猴形」。大山壓他五百年，調整心態、收束行為的行者，逐漸成長成一個有所不為的俠士，是短打武生（編按：著短衣褲，用短兵器，強調身手矯健），武功蘊含幽默，以人形為基底，偶有猴形。不同派別的表演者，甚至會以長靠武生（編按：著靠戴盔，一般使長兵器，強調大將氣概）的功法呈現，武術工整，大開大合。

孫悟空被作者創造出來的這幾百年間，也成為不同民族詮釋為不同文化表現，應用最廣泛的人物之一。日本人發展出動畫、漫畫、科幻影集、玩具、遊戲等多種狀態，最為繽紛。曾有影視工作者與我閒談「創意」，我隨興提問：「孫悟空什麼顏色的？」

「咖啡色呀？」「茶色吧？」「還是棕色？」

一隻飛天遁地、移星換斗的猴王，吃過蟠桃、金丹、人參果，又被太上老君的丹爐煉過，會筋斗雲、七十二變，這麼出彩炫耀的角色，一身的猴毛非得要長成「對的」猴子色？多令人失望呀！

就在孫悟空持續成為電影、動漫、音樂劇主角的同時，他的神格也持續蔓延到民間。「大聖爺」從小說、戲台蹦出來，「火眼金睛」成為失蹤兒童的守護神，也幫家長管管不聽話的「猴囝仔」。這是讀者、觀眾延續作者精神，發揮創意的最佳證明。

【關帝】

政府運用小說、戲劇內容，拐帶民眾想像力，以推行文化政策的最佳範例，則是大清帝國創造出來的「關聖帝君」。

關羽雖是漢末大將，但將其神格化的文學著作，乃是明朝的《三國演義》。我們當今所看的通行版本，更是清朝人所改作的。清朝的戲劇工作者，從文本、人物造型、表演風格一路打造，創造出一個穿著明朝服制、面容、兵器絕無僅有的神人。

「關老爺」的舞台形象，進而成為廟宇參酌打造的樣本。關帝信仰的開端，或許不晚到清朝，但關帝香火的鼎盛，絕不早於清朝。最可疑的是，關於關帝信仰的學術典籍，卻多是清朝人的著作。

清政府幹嘛這麼費事，要為漢人造神呢？因為漢人就是愛拜。那幹嘛非指定這個紅臉大將呢？因為搭藝術家的便車，趁勢而為。就不可以由漢人自由選擇嗎？那還得了！漢人原本自己選的是岳武穆王。有什麼不對嗎？岳飛抗金，大清就是後金！

以「文」明手段推行教「化」，以「文」質彬彬的態度進行融「化」，清政府善用了手頭上的材料，也大大建構了《三國演義》文學與表演藝術的高度。清朝已消散百年，而關帝在民間的地位仍未撼動，文化政策的威力，遠大過國祚。

戲台上的關老爺，一身特製的專屬「形頭」（一作「行頭」），指角色的身形與頭面，泛指服裝造型），綠盔（帽子）、綠靠（盔甲）、綠蟒（袍服）、綠厚底（長靴），做表、唱腔也都特化，形成舞台上專屬的行當「紅生」。

我小時候看戲看得清！一般的厚底靴，黑色靴面、白厚底；關公的靴頭，墨綠色靴面，帶有金龍紋繡，白厚底，一派帝王格局！

看倌您說，那不就是廟裡的關帝，搬上了台？我說不然！應是戲台上的關公，供進了廟。綠靴頭，我說是清朝服裝設計師的創意，且看原著小說，哪一章節說了關公的服裝是綠色的？

《鹿鼎記》第三十七回，韋小寶和康熙皇帝提起岳王、關帝：

韋小寶道：「我聽說書先生說故事，自來最了不起的忠臣義士，一位是岳飛岳爺爺，一位是關帝關王爺。皇上，咱們這次去揚州修忠烈祠，不如把岳爺爺、關王爺的廟也都修上一修。」康熙笑道：「你心眼兒挺靈，就可惜不讀書，沒學問。修關帝廟，那是很好，關羽忠心報主，大有義氣，我再來賜他一個封號。那岳飛打的是金兵。咱們大清，本來叫做後金，金就是清，金兵就是清兵。這岳王廟，就不用理會了。」

清朝賜予關羽的封號是「忠義神武靈佑仁勇威顯關聖大帝」。誰說大清帝國覆滅了？關聖大帝，就是清朝的文化政策，清朝的執政者為百姓所選定的神明，香煙繚繞至今。

接著看戲，進入第二大段，名為「十六」。

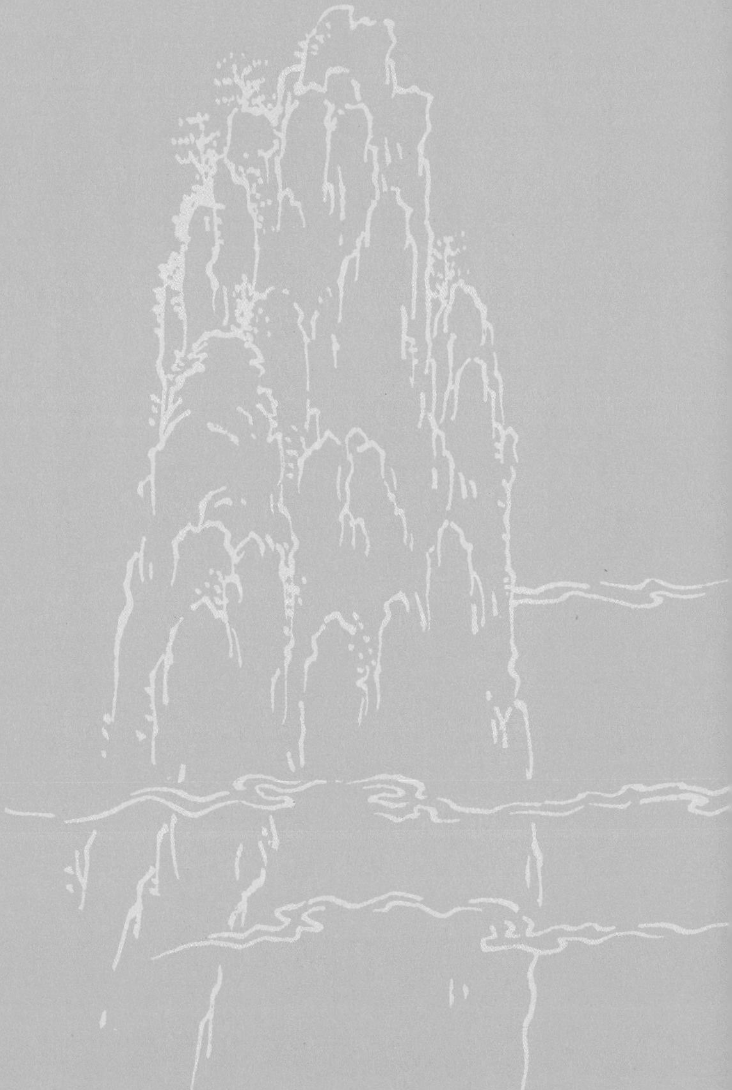

段子二〈十六〉

劇本二之一

五十九：小時候，音樂課本上，有許多傳統民歌。

七百四：現在比較少了。

五十九：其中一首蒙古民歌，〈小黃鸝鳥〉。

七百四：用蒙古話來唱？

五十九：那誰會呀？我只會唱課本上，國語的。

七百四：唱吧。

五十九：（唱）小黃鸝鳥兒呀，你可曾知道嗎？馬靴上繡著龍頭鳳尾花。兩朵花呀繡一隻靴呀，只有四朵花。我和你，兩個四朵，湊成八朵呀。

七百四：非常柔美。

五十九：也很含蓄。
七百四：對。
五十九：一只馬靴上繡兩朵花，一個人兩隻腳。
七百四：四朵。
五十九：兩個人，四只馬靴脫下來，靠在一起。
七百四：湊成八朵。
五十九：你看這孩子，算數不錯。
七百四：不是……幹嘛要把馬靴脫下來呀？
五十九：這……你看這孩子，睡覺總要脫鞋的。
七百四：那幹嘛四只馬靴要靠在一起呢？
五十九：你看這孩子，真不懂事！
七百四：不是嘛，我……
五十九：想當初，華箏公主對她的金刀駙馬靖哥哥，可能唱過這首歌。
七百四：喔？
五十九：紹敏郡主敏敏特穆爾，也可能對她的無忌哥哥唱過這首歌。

七百四：喔！
五十九：我，則是每天早上，對著我家對面，唱這首歌。
七百四：您？幹什麼？
五十九：我家對面，住著一位莊主。
七百四：什麼時代？還有莊主。
五十九：我所說的故事，牽涉到這個時代的一些人，所以要假託古代。
七百四：借古諷今？
五十九：一定要說得這麼明白嗎？
七百四：我是替觀眾問的。
五十九：這位莊主，有一位夫人，一個老丫鬟伺候著。
七百四：好命人。
五十九：命真不好。
七百四：怎麼呢？
五十九：這位夫人，體弱多病，連家門都走不出去的。
七百四：可憐。

五十九：這位夫人的妹妹，帶著她的小妹妹，也住在莊上。
七百四：投靠姊夫。
五十九：夫人的病，越來越重了。丫鬟說，他有個遠房親戚，認識京城裡的御醫。
七百四：給皇上看病的。
五十九：沒多久，真把御醫請來了，開了一服藥方，夫人吃了，一命嗚呼！
七百四：怎麼這樣啊？
五十九：按邏輯思考，可能是夫人病得太重，神仙也治不好。
七百四：是。
五十九：平一指治不好令狐冲，胡青牛也治不好張無忌。
七百四：多麼好的醫生，治病也看緣分。
五十九：但是，有心人就可以利用這一點了。
七百四：誰？
五十九：夫人的妹妹，懷疑是丫鬟搞鬼，故意請來醫生，開錯藥，害死夫人。
七百四：這種懷疑也是難免。
五十九：在姊夫面前，天天說天天說，丫鬟氣不過，就……

七百四：氣走了！
五十九：上吊了！
七百四：啊？
五十九：沒過多久，莊主也死了。
七百四：家破人亡啊？
五十九：很淒慘吧？
七百四：還好吧，這種八卦，不算太特別。
五十九：我要是跟你說，她們四個是親母女親姊妹呢？
七百四：哪四個？
五十九：丫鬟是大姊，夫人是女兒，媽媽的女兒假裝是妹妹，妹妹的妹妹其實是女兒。
七百四：太亂了！
五十九：是亂。
七百四：不明白？
五十九：大姊是莊主的童養媳，二十歲的時候，給十六歲的莊主生下一個女兒，這女兒十六歲的時候，被三十二歲的爸爸性侵，生下一個女兒，假裝是媽媽的妹妹。

七百四：媽媽的女兒假裝是妹妹。

五十九：這妹妹長到十六歲，又被四十八歲的爺爺性侵，生下一個更小的妹妹。

七百四：妹妹的妹妹其實是女兒。

五十九：明白了？

七百四：太亂了。

五十九：她們母女，或說她們姊妹，長得清新脫俗，與眾不同，跟神仙下凡一樣。

七百四：美？

五十九：太美了！

七百四：神仙姊姊？

五十九：天龍八部眾，是各種奇形怪狀的生靈，其中，女性的阿修羅，最美。

七百四：是。

五十九：天人自以為享用福報的同時，也引發了阿修羅好戰的天性。

七百四：自己樂，製造了他人苦。

五十九：所謂生老病死苦，五蘊熾盛苦，愛別離、怨憎會、求不得，都苦。

七百四：這是所謂的「八苦」。

五十九：很多人是無辜受苦的呀。
七百四：人生如戲呀。
五十九：人生如果真的能像演戲，也就好了。
七百四：怎麼呢？
五十九：劇本上寫的，都是別人的事情，演員，都在演別人，所謂的台詞，都是假的！演員演戲，都是虛情假意，都在說謊。
七百四：呃……也可以這麼說。
五十九：演戲是假裝的，化了妝、背詞兒，說愛，也不是真愛。
七百四：愛完了一卸妝，領錢，吃宵夜，回家。
五十九：呼呼睡一覺，全忘了。
七百四：對！
五十九：不用負責任的。
七百四：沒在怕的。
五十九：又上工了，再化妝、再背詞兒，騙人，也不是真騙。
七百四：騙完了一卸妝，領錢，吃宵夜，回家。

五十九：呼呼睡一覺，又忘了。

七百四：不用負責任的。

五十九：上一集演完，你該愛的人愛了，詞兒就忘了。

七百四：卸妝，領錢，吃宵夜，回家。

五十九：這一集演完，你該殺的人殺了，詞兒也忘了。

七百四：卸妝，領錢，吃宵夜，回家。

五十九：下一集演完，被你殺的那人，後代來報仇，把你殺了，你就沒詞兒了。

七百四：卸妝，領錢，吃宵夜……我就不敢回家了。

五十九：怎麼呢？

七百四：我被殺了，沒戲了，就失業了。

五十九：不怕，這一部演完，恩怨都了了，再去接下一部，再來愛、再來騙！

七百四：卸妝，領錢，吃宵夜，我……不回家。

五十九：你為什麼不回家？

七百四：我……謊話說得太多，已經搞不清楚是真是假了。

五十九：戲演多了，人也渾渾噩噩。

七百四：真實生活沒有目標，就更恐怖了。
五十九：你看這一家五口，一下走了三個。
七百四：剩下母女相依為命。
五十九：知道是母女就好了。
七百四：怎麼呢？
五十九：最小的妹妹，以為自己的媽，是姊姊。
七百四：只差十六歲，確實可以是姊姊。
五十九：兩人說話的時候，確實也像姊妹。
七百四：你怎麼知道？
五十九：因為很大聲。「妳不准去！」「要妳管！」「妳敢不聽我話？我說不准去！」「妳誰呀？管太多了吧！自己不嫁人，管我！」
七百四：誰來告訴她真相呀？
五十九：都是這樣的，當局者迷，旁邊的觀眾都知道真相，只有劇中人自己不知道。
七百四：急死人了。
五十九：我每天唱著〈小黃鸝鳥〉，本來是唱給對面姑姑聽的。

七百四：你叫誰姑姑？

五十九：她們姊妹呀，二姑姑大我十六歲，小姑姑和我同年，當年剛好十六歲。

七百四：少年。

五十九：以前還有大姑姑，大我三十二歲。

七百四：死了。

五十九：對小姑姑而言，爸爸死了，媽媽死了，剩下這個姊姊，未免管太多了。

七百四：因為她不知道。

五十九：有一天，一個少年，騎著一輛越野摩托車……

七百四：摩托車？

五十九：……騎著一匹駿馬，來到門口，小姑姑伸手，那少年一拉，兩人策馬絕塵而去。

七百四：跑啦？

五十九：一晃眼，十六年過去了。

七百四：這麼快？

五十九：我也三十二歲了，也在外面闖蕩了幾年。

七百四：算得上是一位江湖人士。

五十九：有一天經過一個大廣場，看見有人比武招親。
七百四：還有這一套？
五十九：我看是噱頭，做廣告。
七百四：怎麼呢？
五十九：兩個呆子，穿著黑黃相間的服裝，帶著假頭，扮演吉祥物。
七百四：什麼吉祥物？
五十九：蜜蜂。
七百四：賣什麼？
五十九：扮成蜜蜂，賣蜂蜜，我拿到一張廣告單，上面寫著「玉蜂漿」。
七百四：真的假的？
五十九：兩個吉祥物的翅膀上還繡了字。
七百四：繡的是？
五十九：「我在」，「谷底」。
七百四：喝了就到谷底啦？不太好吧？
五十九：一個大水池，直徑足有兩公尺，裡面灌滿了飲料。

七百四：幹嘛呀？
五十九：一個小姑娘站在台上。
七百四：該不會就是她要招親吧？
五十九：可能是吧。這時候就看見參加比武招親的人上台了。
七百四：都是些什麼樣的人？
五十九：第一個，跳舞。
七百四：比這個「舞」呀？
五十九：第二個，划拳，比「五」。
七百四：好。
五十九：第三個，弄來一隻鸚鵡。
七百四：還有比這個「鵡」？
五十九：（學鸚鵡唱）「小黃鸝鳥兒呀，你可曾知道嗎？」
七百四：行啦！
五十九：五花八門，就是沒有人展露武功。
七百四：都退化了。

五十九：「歡迎大家來參加今天的比武招親，今天的活動是由清涼飲料『玉蜂漿』主辦，凡是參與的選手用『武』過關，不論是比武、跳舞、鸚鵡、下五子棋，只要有『武』，發音相同就可以。過關的人就可以免費品嚐玉蜂漿，獲得總冠軍的人可以跳！」

七百四：跳什麼？

五十九：「跳進水池，我在谷底，玉蜂漿無限暢飲！」

七百四：整個人跳進飲料裡？

五十九：挺豪邁的。

七百四：挺噁心的。

五十九：現代人辦活動都是這樣，只求新鮮刺激，肆無忌憚，沒有分寸，很粗魯的。

七百四：沒什麼意思，走吧。

五十九：我不由自主的走上了台。

七百四：你幹什麼？

五十九：台上的少女，我越看越覺得面熟。

七百四：少來，人家年輕漂亮，你就面熟。

五十九：每一個俠客的心裡，都牽絆著一個姑姑。

七百四：啊？

五十九：每一個漂泊江湖的浪子，都有一處想要歸去的田園。

七百四：喔。

五十九：我心裡浮現了蘇東坡的詞，〈江城子〉。

七百四：十年生死兩茫茫。

五十九：十年生死兩茫茫，塵滿面，鬢如霜。相對無言，惟有淚千行。

七百四：等一下，你這兒左左右右跳了好幾句呀？

五十九：不管，當時的心情就是這幾句。

七百四：人家楊過都會背整首的。

五十九：旁邊的人開始鼓譟。「比武！比武！比武！」

七百四：怎麼辦？

五十九：面對這一個少女，我心蕩神馳。

七百四：您？

五十九：想當初，穆念慈比武招親，楊康在眾目睽睽之下，脫了她的鞋子。

七百四：很大膽。
五十九：西湖邊，繁花似錦，張翠山聞不到花香，只聞到殷素素的體香。
七百四：很放肆。
五十九：趙敏知道張無忌怕她下毒，先把酒杯端過來喝半口，再傳給張無忌，張無忌望著杯口紅色的脣印，心也飄飄蕩蕩。
七百四：很挑逗。
五十九：而之前，張無忌在地窖裡點了趙敏的穴道，也脫了她的鞋，用九陽神功點她腳底，搔癢！
七百四：很色！
五十九：我……我……
七百四：你要怎麼辦？
五十九：我要用哪一套武功呢？
七百四：憑直覺！
五十九：（唱）小黃鸝鳥兒呀，你可曾知道嗎？馬靴上繡著龍頭鳳尾花。兩朵花呀繡一隻靴呀，只有四朵花。我和你，兩個四朵，湊成八朵呀。

七百四：唱得不錯。

後台秘辛

先父於一九四九年隨軍抵台，在長官的鼓勵下，投入陸軍官校。幾年後，那位長官被派任重要軍職，卻因一場誤會，被捲入一樁謀刺計劃，遭到槍擊而重傷。適逢先父官校畢業分發，原本完全沒有派系背景的、清白的陝西農民之後，直接被調往長官家中，擔任侍從武官，陪伴、保護正在養傷的長官。

父親那一代人，在戰爭中流離，事長官如父兄，愛袍澤如至親，這種赤膽、俠情、浪漫，是我們承平時代出生的人，猜不著、學不會、比不了的。不過當個一年義務役，卻比擬為「送死」，情何以堪！

也正因這個事件，爸爸一直住在左營基地，這才有機會遇到我媽媽，日後才會有我。

以上劇中，這一家母女的遭遇，是從我所知的那樁謀刺案，混合近年社會上所發生的亂倫事件，杜撰而成。

平一指治不好令狐冲

《笑傲江湖》中的殺人名醫平一指，「醫道高明之極，當真是著手成春，據說不論多麼重的疾病傷勢，只要他肯醫治，便決沒治不好的。」但令狐冲身上被桃谷六仙與不戒和尚胡灌真氣，八道異種真氣驅不出、化不掉，平一指最後束手無策：「醫好一人，要殺一人，醫不好人，我怎麼辦？……那便殺我自己，否則叫甚麼『殺人名醫』？」結果噴血而亡。

胡青牛也治不好張無忌

《倚天屠龍記》中的蝶谷醫仙胡青牛，「魔教中人患病，他必盡心竭力醫治，分文不收，教外之人求他，便黃金萬兩堆在面前，他也不肯一顧。因此又有個外號叫作『見死不救』。」張無忌身中「玄冥神掌」寒毒，纏入五臟六腑，胡青牛一見之下「有如酒徒見佳釀、老饕聞肉香」，費力為張無忌診治了兩年，終究無成。張無忌卻因此習得胡之醫術。

玉蜂、玉蜂漿

出自《神鵰俠侶》。玉蜂是小龍女所豢養的玉色蜂子，體型比一般蜜蜂要大，毒性猛烈，古墓派的暗器之一「玉蜂針」上也淬此蜂毒，玉蜂漿則是蜂毒解藥。

「我在」，「谷底」

出自《神鵰俠侶》。小龍女落谷毒傷漸癒後，在玉蜂翅膀上刺下「我在絕情谷底」六字。但此訊未能傳達給楊過，這批刺了字的玉蜂卻有部分被老頑童招養而發現了，並向黃蓉獻寶：「見過蟲蟻身上有字的沒有？」「好罷，今兒給你開一開眼界。」十六年之約過後，楊過以為此生無緣再見小龍女，心灰意冷，縱身跳入絕情谷底。

楊過吟〈江城子〉

出自《神鵰俠侶》第三十八回〈生死茫茫〉。楊過在十六年之約當天不見小龍女前來相會，一夜白鬢，刹時之間想起「數年前在江南一家小酒店壁上偶爾見到題著這首詞，但覺情深意真，隨口唸了幾遍，這時憶及，已不記得是誰所作」。全文：「十年生死兩茫茫，不思量，自難忘。千里孤墳，無處話淒涼。縱使相逢應不識，塵滿面，鬢如霜。夜來幽夢忽還鄉，小軒窗，正梳妝；相對無言，惟有淚千行！料得年年腸斷處，明月夜，短松岡。」

楊康與穆念慈奪靴定情

出自《射鵰英雄傳》第七回〈比武招親〉。為了尋找義兄的遺腹子，楊鐵心化名「穆易」，讓義女穆念慈打起「比武招親」的名頭行走江湖。此時仍不明自己身世的楊康，以金國小王爺完顏康的身分上擂台挑戰穆念慈。他「擒拿功夫竟得心應手，擒腕得腕，拿足得足。那少女更急，奮力抽足，腳上繡著紅花的繡鞋竟離足而去，但總算掙脫了他懷抱，坐在地下，含羞低頭，摸著白布襪子。那公子嘻嘻而笑，把繡鞋放在鼻邊作勢一聞。」後來兩人相戀，打造了一對翡翠小鞋做為定情信物。

張翠山與殷素素一見鍾情

出自《倚天屠龍記》第四回〈字作喪亂意彷徨〉。張翠山為尋師兄俞岱巖受傷真相，連夜下山追查，在西湖畔遇到了男裝打扮的殷素素，只見「碧紗燈籠照映下，見這書生手白勝雪，再看他相貌，玉頰微瘦，眉彎鼻挺，一笑時左頰上淺淺一個梨渦，遠觀之似是個風流俊俏的公子，這時相向而對，顯是個女扮男裝的妙齡麗人。」張翠山「登時臉紅，站起身來，倒躍回岸」，過後「悄立湖畔，不由得思如潮湧，過了半個多時辰，才回客店。」

趙敏的脣香

出自《倚天屠龍記》第二十七回〈百尺高塔任回翔〉。張無忌等人在范遙的內應之下，準備前往萬安寺營救被囚的六大派門人。不料趙敏相約，只得滿腹狐疑地跟著這位「敵人」到小酒家中。趙敏每一杯都拿過張無忌的酒杯先喝一口，張無忌「接連喝了三杯她飲過的殘酒，心神不禁有些異樣，抬起頭來，只見她淺笑盈盈，酒氣將她粉頰一蒸，更加嬌艷萬狀。張無忌那敢多看，忙將頭轉開。」

張無忌與趙敏搔足迷情

出自《倚天屠龍記》第二十三回〈靈芙醉客綠柳莊〉。張無忌發覺明教眾人中毒，孤身返回綠柳山莊，與趙敏一番搏鬥，兩人雙雙落入地下鋼牢。張無忌急於脫身，先是扠住趙敏的咽喉，再是封住了她口鼻。趙敏皆不就範，張無忌只好扯脫了趙敏的鞋襪，「以九陽神功的暖氣擦動她『湧泉穴』，比之用羽毛絲髮搔癢更加難當百倍。」趙敏認輸後，張無忌再度摸到「她溫膩柔軟的足踝，心中不禁一蕩。趙敏將腳一縮，羞得滿面通紅。」

拐子、雙錘

拐子，是從殘疾人輔助工具變形而來的兵器。

「惡貫滿盈」段延慶，是最出名用拐子的人物。

誰是用錘的呢？索爾？

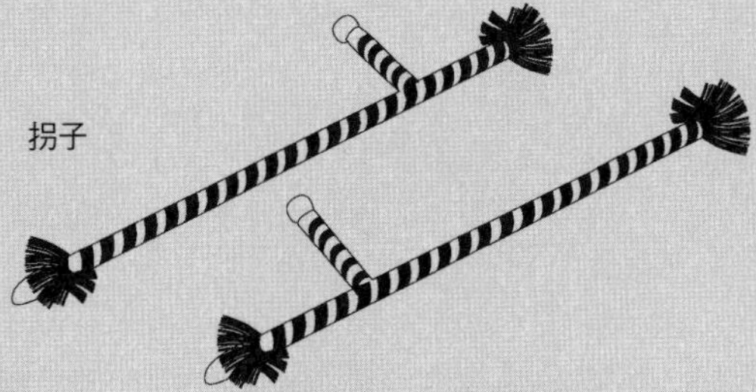
拐子

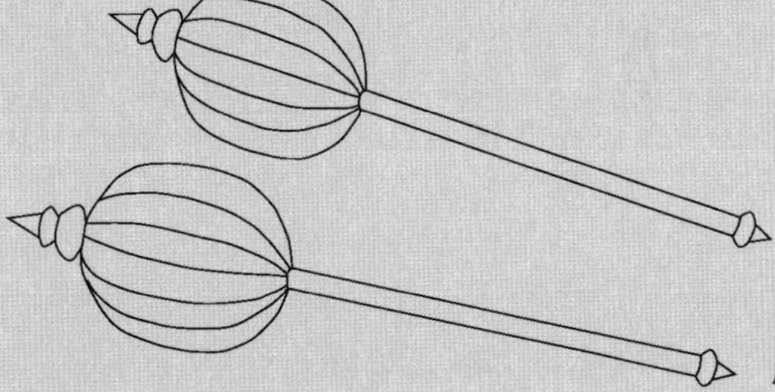
瓜錘

第五章

挑

皇上鳥生魚湯，賽過諸葛之亮。
奴才盡忠為主，好似關雲之長。

——韋小寶經常掛在嘴邊的屁話。

【熊貓】

我，五蘊熾盛。

這是文明的說法，說我這種人，因為「色、受、想、行、識」的運作旺盛，以至於感受靈敏，外界一點點風吹草動，都能激化感受。簡而言之，耳聰目明、多愁善感。這樣說自己，未免顯得臭美。尤其對語言、文字興趣高，面對外界語言環境比較敏感。

張三丰的「丰」字，取自「丰采」，本是正體字，並非「豐」的簡寫，不要多事。搞簡體字連帶搞壞文化訊息，還有一例。溥儀的父親載澧，這個「澧」字念「ㄌㄧˇ」，不念「ㄈㄥ」。錯念後再錯寫成「澧」，進而拼出一個古怪簡體字「沣」。末代皇帝的父親，堂堂醇親王，就糊裡糊塗地被改了名，公告在各種立在旅遊區裡、號稱相關傳統文化的說明板上了。

大陸拍攝的金庸武俠劇，一提到「黑木崖」，我就全身起雞皮疙瘩！不知為何，他們說「崖」字的時候不說「ㄧㄞˊ」，硬要說「ㄧㄚˊ」，就像是「曝」光念成「ㄅㄠˋ」，「暫」時念成「ㄗㄢˇ」，真是難過極了。

又例如，有一位「大俠」談到「鹿茸」，居然以為是鹿耳朵裡的毛，實是匪夷所思，更大大刺激了我。五蘊熾盛，苦啊。

這位大俠擺明了欠缺動物領域的常識，或身旁有人故意讒言，陷其於不義。還敢以政治領導者的高度，公開要求媒體把應叫「熊貓」的動物反過來稱呼，我們居然要相信嗎？「鹿茸事件」在電視、網路一片笑罵聲，都說「沒常識也要看電視」，但是，聞「馬」屁香而反說「熊貓」的，不正是這些電視嗎？

認其為「熊」而主張將熊字放在後頭，是那些人的立論基礎。對應這點，我已在別處寫過類似主張了，如下：河馬不是「馬」，犀牛不是「牛」，長頸鹿也不是「鹿」，這些產於非洲的動物，也並非因為牠們的英文俗稱翻譯成中文而命名，都是中文俗稱。這些累積幾個世代的「錯誤」，怎不見動物學家（尤其是與台北市立動物園配合密切的）高舉「科學實證」的大旗，向世人提出「更正」？

那麼，一個原產於中國的物種，何以會因為標籤上英文與中文並列，產生方向錯認而誤讀呢？一則交叉轉貼的網路傳言，大意是說二十世紀中期在重慶舉辦的一場展覽，一具「熊貓」的標本，因為標籤上中英文並列，但因閱讀方向的誤差，導致錯傳物種俗名。這篇文章未標出原始作者，也未提供來源出處，更沒有佐證附圖，我認為那是一則「創作」，而非「報導」，並懷疑是否真有那場展覽？

台北市立動物園居然就引用網路傳聞，印成園內傳單，散布未經實證的訊息，用排山倒海的反知識，拍政治領袖「馬」屁，討好世俗，積非成是，可惡至極！「神龍教」？還是「日月神教」？令人毛骨悚然！

全世界提及此物種，以中文表現時，皆稱熊貓。例如，好萊塢動畫《功夫熊貓》。日本教育玩具「TOMICA」小汽車，車體塗裝漢字亦是「熊貓」。可以說，就台灣有故意反稱的現象，自外於文化，為什麼呢？有政治意識形態嗎？

著名動物專家夏元瑜教授，也是著名戲劇學者，別號「老蓋仙」，他有專文認為應稱之為「貓熊」。「英文裡有個字叫做Panda，牠又稱為Cat-bear。中文應該譯為『貓熊』。不幸在幾十年前報上初次發表新聞時，偶然被排顛倒了，成為『熊貓』。」（《生花筆》，頁一四五、一四六，台北：民六十八、七十四年）我少年時極崇拜夏教授，也尊重他的見解，但恕不能同意。「老蓋仙」也不說是哪一年的哪一

紙是怎麼排顛倒的？從篇名「一錯五十年」來反推，夏教授應指的是一九二〇年間。然而，「熊貓」並不是那時才剛發現的新物種，在報上書寫其「文字俗稱」前，想必早有「語言稱謂」了。

務實的科學家夏教授，經過查證熊貓的生態、形態，精密檢查過熊貓標本、骨骼，也認為與熊存在明顯差異。可見，因為像熊，所以「熊」字要放在後面的說法無稽！「牠外形雖像熊，而解剖之後，看看頭骨就知和熊毫不相干。」（同前，頁一四七）我不免懷疑，「老蓋仙」是不是寫著一篇幽默散文，其實說的是反話呀？

破解謠傳與迷思，一般人只須具備幾點簡易的文化常識：

一、語言先於文字。

二、二次大戰結束前，大量的中國人不識字，之後才有全民教育。一九二〇年代有多少中國人看得懂報紙？二十世紀中期又有多少人，到重慶參觀那一場可能並不存在的展覽，以至於引發全國性的錯誤？

三、傳統中文是直書的（報紙亦然，橫排文字的報紙極新），右起左落。「顛倒」時很明顯。

四、熊貓原產於中國，其名必是中文、漢語，不必翻譯自英文或拉丁文。

五、熊貓英文俗名是「panda」，「cat-bear」，恐是用英文字拼出來的「創作」，在英語地區應不通用，難不成「狗熊」是從「dog-bear」翻譯過來的？我尊敬的夏元瑜教授可能被錯誤的原始訊息干擾了。

六、熊貓物種的判斷，固然屬於科學領域，但「熊貓」稱謂之緣由，是語言學、是文化議題。

七、語言學家林語堂博士，其專門著作《林語堂當代漢英詞典》上列出的條目是：「熊貓[xiong mao] n.,(zoo.) panda.」。查無「貓熊」或「cat-bear」。

正因為我主張是「文化議題」，懇請各方自由闡述相容或相對的主見，不必非同意我不可。但你是查查證據？個人偏見？還是人云亦云呢？

回來看戲。

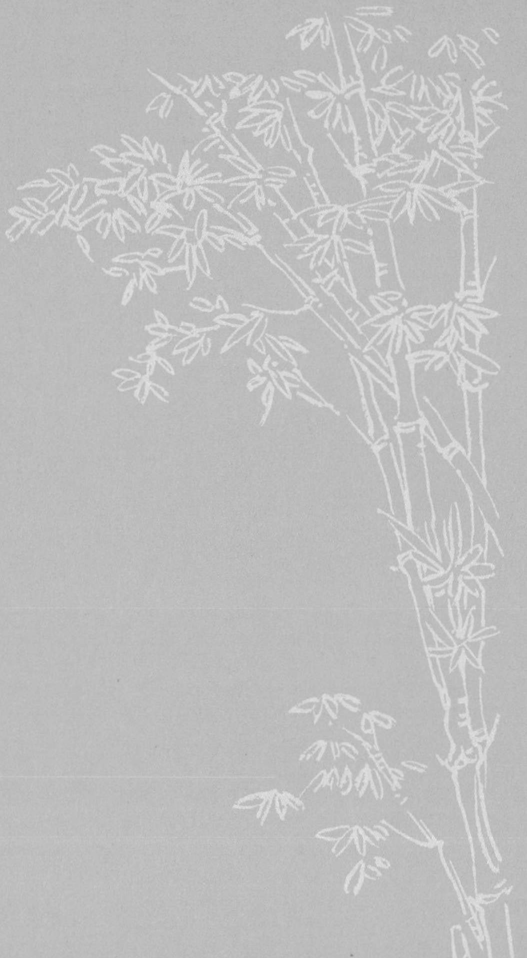

劇本二之二

五十九：圍觀的人都不出聲，小姑娘說話了。
七百四：她說什麼？
五十九：「很多人唱歌，五音不全，這位先生五音都全，是今天比『五』招親的總冠軍！得到最大獎，跳！」
七百四：跳什麼？
五十九：我可以跳進水池裡，喝到飽。
七百四：多噁心哪！
五十九：兩個扮成蜜蜂的吉祥物，也在一邊瞎起鬨，「我在谷底」！
七百四：「跳！」
五十九：「我在谷底！」
七百四：「跳！」
五十九：「我在谷底！我在谷底！」

二人：「跳跳跳！」

七百四：怎麼辦？跳不跳？

五十九：我心想，跳就跳，這一跳，絕對沒有壞處。

七百四：怎麼說？

五十九：往下跳，是絕情谷底，是一池碧水深潭，不但我毫髮無傷，還能見到姑姑。

七百四：你把自己當作是誰啦？

五十九：而且，按照劇情，十六歲的郭襄也會跟著跳下來，這一回，我不讓她走，我們三個人，都留在谷底，幸福快樂地生活。

七百四：你居然改編劇情，想要坐享齊人之福？

五十九：好歹我也是個作者，劇情怎麼編，聽我的。

七百四：未必。

五十九：嗯？

七百四：鮮活的劇中人有主見，他就自己會走。

五十九：跳！

七百四：跳！

五十九：我這一跳就傻了！

七百四：怎麼呢？

五十九：跳進一團雲霧，伸手不見五指，我看到一隻白色的大鳥，身上騎著一個小姑娘。

七百四：多大的鳥？身上能騎人？

五十九：我一把就抓住那小姑娘不放，沒想到，她把自己綁在大鳥身上。

七百四：這個場景……

五十九：迎面飛來另外一隻白色大鳥，我看清楚了，是一隻大鵰。

七百四：白色雙鵰，該不會是……

五十九：那隻鵰，身上也馱著一個人，是個傻小子！

七百四：那是……

五十九：該死的畜生，往我腦門子一啄！啄得我眼冒金星，手一鬆，又掉下去了。

七百四：鐵掌峯，郭靖、黃蓉騎雙鵰，掉下去的是鐵掌水上飄裘千仞的雙胞胎兄弟裘千丈，是個騙子。

五十九：好端端的，我怎麼會是裘千丈呢？

七百四：每個人都想像自己是主角，其實還有其他角色，也需要人扮演。

五十九：就算演配角，也演個有名的絕世高手吧？

七百四：明教教主陽頂天？

五十九：好。

七百四：中神通王重陽？

五十九：好。

七百四：劍魔獨孤求敗？

五十九：好！

七百四：這些人算是絕世高手吧？

五十九：好！

七百四：好個屁！

五十九：嗯？

七百四：這些絕世高手，被提到的時候，都變成死人骨頭了，道具，不用人演！

五十九：連臨時演員都不用？

七百四：回去演裘千丈！

五十九：我往下掉，一直掉一直掉，好久，都在雲霧中，沒有到達地面。

七百四：好嘛。

五十九：突然間雲霧散去，我好好的站在地上。

七百四：又到了哪兒了？

五十九：眼前一道懸崖，背後一道城門，寫著三個字，「雁門關」。

七百四：《天龍八部》大結局？

五十九：我抱著梁家仁……

七百四：等一下！誰？

五十九：香港演員梁家仁，就是在《唐伯虎點秋香》裡演武狀元的那位。

七百四：你抱著武狀元？莫非你是石榴姊？

五十九：你不要小看人家！梁家仁是 TVB 港劇《天龍八部》，一九八二年版本的蕭峯啊！

七百四：你跑到港劇的劇情裡啦？

五十九：我抱著蕭峯，他胸口插著半截羽箭，已經死了。

七百四：對，蕭峯為了排解契丹與中原的戰端，強迫自己的皇上耶律洪基，當著三軍面前，折箭發誓，永不進犯大宋，卻因此成了大遼的叛徒，就把斷箭插進胸膛自盡……等一下，你在雁門關前抱著蕭峯？你是？
五十九：旁邊有一個毀容的瞎子叫我，「阿紫！阿紫！」
七百四：又成阿紫了。
五十九：「姊夫！你看，我現在抱著你，你也不推開我了，從今往後，只有我們兩個。」
然後對那毀容的醜八怪說，「我的眼睛是你給我的，姊夫說我欠了你的恩情。」
兩指一挖，把眼珠子挖了出來，對那人丟過去，「還你，還你！從今以後，我再也不欠你什麼了。我現下和姊夫在一起，永遠不會分離了。」
七百四：天下生靈，也有一直讓自己活在地獄裡的，令人感嘆。
五十九：「啊！」
七百四：對，阿紫抱著蕭峯，從雁門關前的懸崖跳下去了。
五十九：誰跳啦？我沒了眼珠，看不見，摔下去的！
七百四：瞎了眼了。
五十九：一直掉一直掉一直往下掉……咦？我牽著一個大美女！趙雅芝！
七百四：天哪！這是哪一齣？
五十九：「芷若，師父交代你的事，都記清楚了？」

七百四：《倚天屠龍記》。
五十九：「你要發誓，你若與那淫賊張無忌結婚，你死去的父母屍骨不得安穩，為師死後也要化作厲鬼，令你一生日夜不安。你若與淫賊生下後代，男子代代為奴，女子世世為娼！」
七百四：心也太狠了，這個滅絕師太……你還演滅絕師太呀？
五十九：你不覺得我戲路很寬嗎？
七百四：你峨嵋派的重要秘密說了沒有？
五十九：什麼秘密？
七百四：倚天劍和屠龍刀的秘密！
五十九：不知道，那是上一集的台詞吧？
七百四：什麼上一集？
五十九：拍電視劇都是這樣的，上一集拍完了，詞兒就忘了，這一集拍完了，詞兒也忘了，下一集還沒拍，詞兒還沒背，也不知道那是什麼？
七百四：卸妝，領錢，吃宵夜，回家……你也渾渾噩噩呀？
五十九：所以有些演員只演電視劇，來來回回就是那兩招，進步很慢。演話劇、說相聲就比較好，所學招數繁複，進步也快。因為要演很多場，詞兒要來來回回練，都記得很清楚。

七百四：是很辛苦吧？

五十九：不，很清楚，而且很舒服。跟做人一樣，明白清楚，就舒服，渾渾噩噩，就糊塗。

七百四：滅絕師太其實是個明白人，就是太偏執了。

五十九：快回這一集。滅絕師太和周芷若，是最後從萬安寺高塔上跳下來的兩個人。

七百四：張無忌在底下，用乾坤大挪移的手法，把六大門派的人都接下去了。

五十九：師徒二人就快落地了，我把芷若向上一托，下墜的力度全都到我這兒了，一轉臉，就看見那個小淫賊！梁朝偉！

七百四：鄭少秋！

五十九：楚留香在這兒幹什麼？

七百四：誰楚留香呀？張無忌！趙雅芝版本的《倚天屠龍記》，飾演鄭少秋的是張無忌。

五十九：誰是誰？

七百四：我都被攪亂了，演張無忌的是鄭少秋。

五十九：梁朝偉！

七百四：那周芷若怎麼會是趙雅芝？

五十九：不管，就要！安以軒演過其他的妖精，我不要。

七百四：那又是另外一個版本了，而且安以軒演的是趙敏，不是周芷若。你不要把演員的名字和角色的名字混著叫，這樣會亂啦！

五十九：我寧死，也不要那淫賊來救，我使足全力，拍出一掌！啊！

七百四：啊！

五十九：好痛啊！

七百四：摔得好痛啊！

五十九：下面好痛啊！

七百四：又跑到新的劇情裡了？

五十九：《笑傲江湖》，我演東方不敗，正在引刀自宮。

七百四：太慘了。

五十九：「啊！」

七百四：別再叫了！

五十九：是另一個版本的《笑傲江湖》，我演岳不羣，正在引刀自宮。

七百四：不同的角色，也在切自己。
五十九：「啊！」
七百四：不要再叫了！
五十九：又一個版本的《笑傲江湖》，我演林平之，正在引刀自宮。
七百四：不同的版本，不同的角色，卻幹同一件事兒？
五十九：我戲路受限了！
七百四：啊？
五十九：很多演員都是這樣，某一次某個角色偶然演得好，接下來都只演同類型角色，一不小心就受限了。
七百四：而且是不自覺的。
五十九：「啊！」
七百四：還有誰？
五十九：《笑傲江湖》的田伯光，被他師父切了。
七百四：這本書有問題，怎麼好幾個人在同一本書裡切雞雞呀？
五十九：那是一種象徵，把強調雄性的身體部位切掉，象徵著轉變、進化、或退化。有的自己切，有的被別人切，有人不情願被切，有人該切而未切。

七百四：我懂了，該切而未切的代表人物，就是韋小寶。

五十九：對囉！

七百四：就看他，燒掉四本《四十二章經》，意外獲得四個字，「東」……「東」……

五十九：「東方不敗」？

七百四：是「東郊皇陵」。

五十九：啊？

七百四：周星馳帶著烏魚子，把你的祖先馮錫範騙到東郊皇陵，用化骨綿掌大戰六合童子，大家一起掉進龍脈，發現了寶藏。

五十九：停！

七百四：幹什麼？

五十九：這怎麼和我看過的《鹿鼎記》，差別很大？

七百四：當然囉！

五十九：你講的情節，書上沒有啊？

七百四：當然沒有！

五十九：怎麼可以這樣？

七百四：現在都是這樣。書，已經改編成電影，所以大家不必看書。電影，都會在電視上播，所以大家都不用進電影院看電影。電視節目，也可以在網路上看，所以大家上網就可以了。

五十九：啊？

七百四：《鹿鼎記》固然是一部小說，而且是一部傑作，但是，《鹿鼎記》的書，很多人並沒有看過。《鹿鼎記》的電影，大家也是在電視上、在網路上看的。因為娛樂媒體的流行，《鹿鼎記》的知名度就更高哩！

五十九：可是電視播出的電影情節，有很多地方跟書本原著完全不同呀？

七百四：你也得感謝人家，今天在場這麼多觀眾，許多就是看了電視來的。

五十九：呃……

七百四：現場的觀眾如果因為我們演得好，而激起了去讀書的興趣，讀書之後，產生那種怡然自得的暢快，那麼以後大家都會感謝作者。

五十九：感謝作者？

七百四：感謝金庸，感謝你。

五十九：嘿嘿！
七百四：嘿嘿！
五十九：嘿嘿嘿嘿……啊！
七百四：又怎麼啦？
五十九：該死的郭芙，切了我的手！
七百四：哎呀！
五十九：哎呀！
七百四：哎呀哎呀！
五十九：對了對了！
七百四：終於來到對的劇情裡了！
五十九：我在深潭水底游泳……
七百四：楊過一隻手！
五十九：噢！
七百四：哪隻手？
五十九：左手。

七百四：對。

五十九：兩面結的冰，把我的容顏映照出來。

七百四：喔？

五十九：向左看……劉德華！

七百四：啊？

五十九：向右看……古天樂！正面看……黃曉明！

七百四：太自戀了。

五十九：我游到另外一端，浮出水面，找到了小屋，見到了姑姑！

七百四：大團圓！太美好了！

五十九：十六年不見，姑姑講話的口音不自然。

七百四：太久沒說話了。

五十九：姑姑的表情也不自然。

七百四：太久沒高興了。

五十九：姑姑的情緒也不自然。

七百四：小龍女清心寡慾，一直都是這樣的。

五十九：這時候，姑姑的朋友說話了。

七百四：絕情谷底有別人？

五十九：「嗶啵！」

七百四：誰？

五十九：「哎呀呀！」

七百四：誰？

五十九：姑姑的朋友。

七百四：你找到哪個小龍女？

五十九：名氣最大的那一個。

七百四：是嗎？

五十九：原來，在絕情谷底住著十六年，姑姑一點也不寂寞，不但有嗶啵和哎呀呀，還養了一隻小白狗，叫吉利。

七百四：你這講的全都是電視劇呀！

五十九：最恐怖的就是這個！

七百四：怎麼？

五十九：當年播的這些電視劇，到現在，算一算時間過去了快要兩個十六年，大家還笑成這樣？

七百四：你得謝謝人家。

五十九：謝觀眾還是謝電視？

七百四：什麼？

五十九：謝謝觀眾看電視？還是謝謝電視養觀眾？

七百四：嗯……

五十九：我以為我們是來說金庸的武俠……小說。

七百四：我們……是呀！

五十九：但是卻無可避免的，要說到電視劇。

七百四：沒有什麼不好。

五十九：也對，好的電視劇，會誘導一部分看電視的觀眾，成為看書的讀者。

七百四：沒錯。

五十九：香港的社會，需要金庸這樣的作家，當然也需要金庸作品所衍生出來的娛樂。

七百四：劇情電影，以及電視劇。

五十九：金庸武俠的港劇，幾乎也全都在台灣上演過。
七百四：對。
五十九：尤其是《天龍八部》，播出的時候可以說是萬人空巷。
七百四：有時候還沒走到家，聽到鄰居家的電視機，主題曲已經在唱了。
五十九：（哼）……
七百四：（也哼）……三步併作兩步，快跑回家，一集都不能錯過。
五十九：這些港劇的主題曲，幾乎都出自同一組作者。
七百四：喔？
五十九：作曲顧嘉煇，作詞黃霑，那是香港流行音樂的「煇黃」二人組。
七百四：了不起！
五十九：有一年，大學音樂系的入學考試，術科考場就出現了這樣一位考生。
七百四：怎樣的考生？
五十九：主修銅管樂器，專長是法國號，捧著樂器，在主

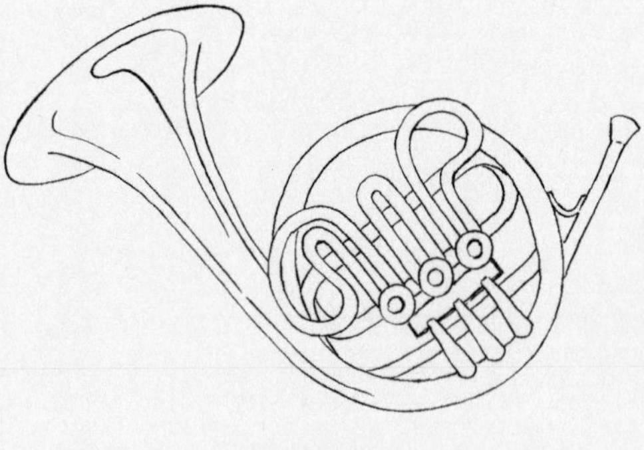

考官面前演奏自選曲。

七百四：術科考試，很嚴肅的。

五十九：（模擬演奏，哼）……

七百四：這是？

五十九：主考官想，「咦？這首曲子我不熟呀！是貝多芬還是莫札特？」

七百四：慚愧了。

五十九：（模擬演奏，哼）……

七百四：嗯？

五十九：主考官想，「喔，海頓！海頓的銅管五重奏！」

七百四：果然是教授！

五十九：（模擬演奏，哼）……

七百四：《天龍八部》主題曲呀！

五十九：拿電視劇主題曲來考音樂系。

七百四：俗話說「沒知識，要有常識，沒常識，也得看電視」。

五十九：但是，「只看電視」，確實是不行呀。

七百四：對。

五十九：就好比聽相聲，固然是好事。但是只聽相聲，也是不行的呀。

七百四：因為我們說相聲的人，並不是只聽相聲的。

五十九：是不是！要寫出膾炙人口的電視主題曲，也絕不能只看電視。

七百四：有道理！

五十九：我從香港帶了一套顧嘉煇先生作品全集，回家來迫不及待的就放。

七百四：懷舊。

五十九：太懷念了！（唱）「浪奔！浪流！萬里滔滔江水永不休」……

七百四：《上海灘》。

五十九：（唱）「啊——」……

七百四：《射鵰英雄傳》。

五十九：（唱）「屠龍刀倚天劍斬不斷」……

七百四：《倚天屠龍記》。

五十九：（唱）「他朝兩忘煙水裡」……

七百四：《天龍八部》。

五十九：我在那兒一首接一首的聽，跟著唱，我太太不高興了。
七百四：她不喜歡。
五十九：太太比我小好幾歲，這些主題曲，她一首都沒聽過。
七百四：夫妻之間就有代溝了。
五十九：沒想到最後一首，她興奮了！「咦！咦！」
七百四：是哪一首？
五十九：鄭少秋只唱了三個字。
七百四：哪三個字？
五十九：（唱）「情與義」……

（中場休息。）

後台秘辛

並沒有規定戲劇演出一定得有「中場休息」。然而【相聲瓦舍】的節目內容，慣性控制在一百分鐘，上半場六十分鐘，插入中場休息十或十五分鐘，下半場還有四十分鐘。

陽頂天

出自《倚天屠龍記》，為明教第三十三代教主。因在光明頂秘道中修練「乾坤大挪移」時，撞見自己的夫人與成崑私會，當下走火入魔而死。因事發突然，明教一片大亂，內憂外患紛起。

王重陽

出自《射鵰英雄傳》、《神鵰俠侶》，為全真教創教祖師。第一次華山論劍後，在天下五絕中排名第一，號稱「中神通」。曾以終南山「活死人墓」做為起事抗金基地，深受古墓派祖師林朝英愛慕。

獨孤求敗

出自《神鵰俠侶》，號稱「劍魔」。楊過在襄陽城郊遇神鵰，被引領至一石洞，洞壁刻有「縱橫江湖三十餘載，殺盡仇寇奸人，敗盡英雄豪傑，天下更無抗手，無可奈何，惟隱居深谷，以鵰為友。嗚呼，生平求一敵手而不可得，誠寂寥難堪也。」其後在獨孤求敗的「劍塚」得玄鐵重劍。而在《笑傲江湖》中，威力無窮的「獨孤九劍」正是獨孤求敗所創。

引刀自宮

出自《笑傲江湖》。根據《葵花寶典》記載：「欲練神功，引刀自宮。煉丹服藥，內外齊通。」以及《辟邪劍譜》第一道法訣：「武林稱雄，揮劍自宮。」此由太監所創制的武功，若不自宮，修練時不免慾火如焚，走火入魔至僵癱而亡。故，所有奪得《葵花寶典》（《辟邪劍譜》）並且熟習者（包含岳不羣、林平之等人）均自宮了。

槍、棒、叉、戟、槊、撾

還記得金毛獅王謝遜用什麼兵器？屠龍刀？才不是呢！是一根雙頭狼牙棒。

撾的讀音同「抓」，手形兵器。

叉，是從農具轉變成兵器的，有雙股、三股、五股之分。希臘的海神，所用的「三叉戟」，就是三股叉。

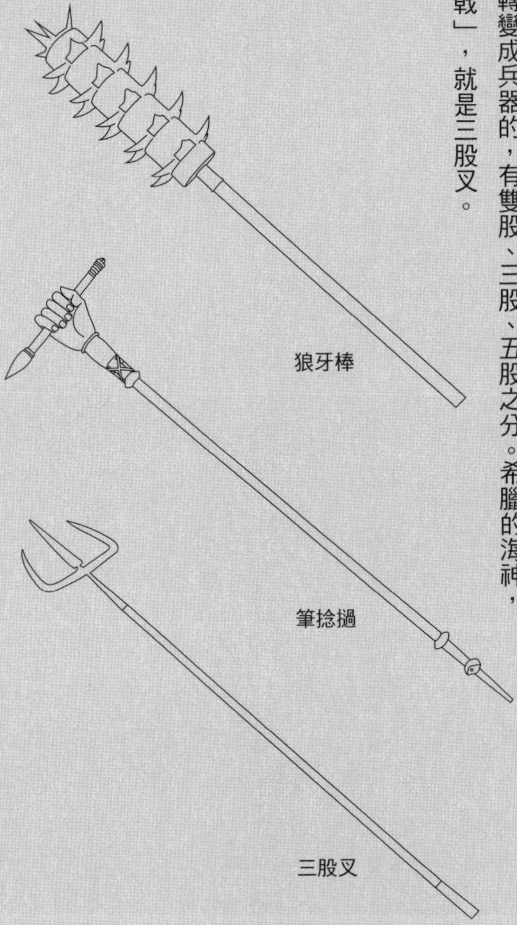

戟，是在長槍的基礎上，槍頭帶有月形、鐮刀等勾拐形狀，遠古稱為「戈」。

郭嘯天用雙短戟，楊鐵心用槍，這兩個人物皆自稱是傳統小說人物的後人，顯見金庸先生向前人致敬的心意。而郭楊兩家的後人，都是一代豪俠，兩部著作的男主角。

槍與槊，則是同類兵器，依長短不同有別。槍是「兵刃之賊」，強調其靈活、奇巧，長度只在一公尺許。

長過兩公尺的大槍，稱為槊，是戰陣兵器。曹操「橫槊賦詩」，讚譽其能征善戰，兼之文采豪邁，是個文武全才。

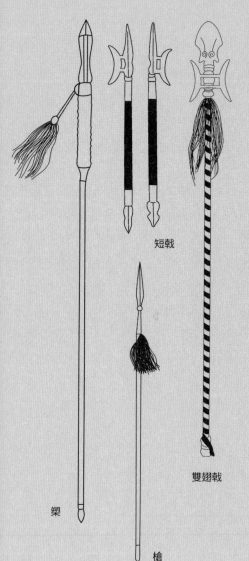

雙翅戟

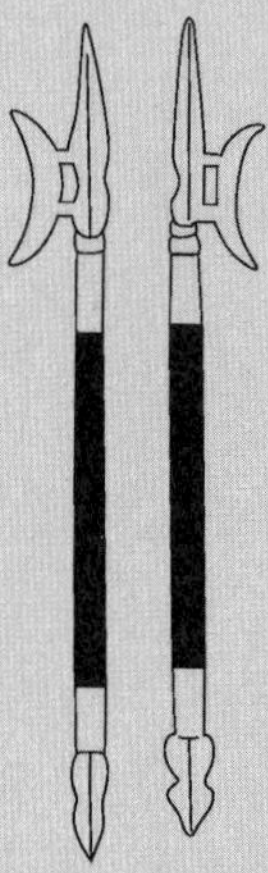
短戟

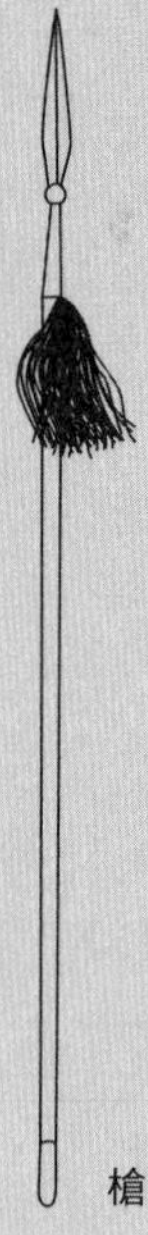
槍

槊

第六章 癮

金沙灘……雙龍會……一戰……敗了……

——衡山掌門莫大先生拉琴唱戲。

【時空】

《笑傲江湖》是我最佩服的傑作，作品一如書名，瀟灑飄逸，不特定開始，不完整結束，突發狀況降臨，一如人生，無可預期。說故事的人到此境界，已是收放自如，隨啟隨停。看書時也是自在痛快，隨便看一段，隨便停下來。

由於金庸先生未在故事中設置歷史人物，也未明確規範歷史框架，作風與其他名著大不相同，這也是之所以「笑傲」群倫的原因之一。

許多先進還是對《笑傲江湖》可能屬於哪一個時代進行各種推論，我都很佩服，也都支持。畢竟，作者不設定，也就是保留給大家熱烈探討的空間，立意良善。

我也賣弄一下。

衡山派掌門，「瀟湘夜雨」莫大先生拉琴唱戲。無論是「嘆楊家秉忠心大宋扶保」，還是「金沙灘雙龍會一戰敗了」，兩句皆出於《托兆碰碑》，同一齣戲的同一個唱段。楊家將英雄末路，生死離散，老令公楊繼業被困兩狼山，碰死在李陵碑下，臨終前大段唱腔，悲愴哀

戚。我愛戲成癮。

這是一齣京劇。在道光皇帝冊封稱為「京劇」（京城領導劇種，國家首都之意，並非起源於北京）之前，這個源於長江中游地區的地方劇種，原稱「皮黃」，以其主要曲調為「西皮」、「二黃」之謂。「皮黃」開始引發注意，是在乾隆年間，「四大徽班」之一的「三慶班」最早抵達京城，就在乾隆年間。「皮黃」的主伴奏樂器是胡琴，稱為「京劇」以後，那把短短的、音色尖尖的胡琴，即是「京胡」。

衡山掌門唱皮黃，籍貫對了，方言對了，樂器對了。但必須是「清朝」或晚於清朝。我看小說的時候，是將時空想像畫面定義在「民國初年」，也就是軍閥割據、混戰的年代。人物有長髮的、紮辮的、長衫短褂、西服革履、背懸刀劍、腰掛手槍，「青城派」有卡車，「嵩山派」是摩托車隊。令狐冲假扮泉州參將吳天德，保護恆山派眾女尼，其扮相，是一個翹鬍子軍閥大帥……

沒有人規定「武俠」必是「古裝」吧？即使穿古裝確實比較浪漫，也沒有一件時裝都不准穿的霸道吧？「Darth Vader」（編按：《星際大戰》黑武士達斯．維德）是影史上的經典創意人物，且看他的造型、兵器、武術，違反了多少文化及時空的界限。武俠小說雖涉及古代，畢竟是現代人寫的現代文學呀。

下半場 段子三〈十八〉

劇本三之一

五十九：我喜歡吃餃子。

七百四：白菜的還是韭菜的？

五十九：韭黃豬肉的，或者是西葫蘆牛肉的，茴香羊肉的也行。

七百四：花樣挺多的。

五十九：小時候在眷村裡，生活比較簡單，也就只有豬肉大蔥的餃子了。

七百四：沒得挑了。

五十九：村子裡有個顧媽媽，擺餃子攤兒。

七百四：路邊擺攤兒。

五十九：就在村子口大馬路邊。為了防範風沙灰塵，把大麵粉袋縫成帷幕，用竹竿兒挑著，圍成一圈，吃餃子就走進布幔帳子裡，桌椅都是竹子編的。

七百四：很有武俠片的氣氛。

五十九：不瞞您說，我就是在武俠的想像世界裡長大的。

七百四：很多人都是。

五十九：當時十五、六歲，雖然在現實世界中，不免還是要面對考試升學以及青春期的各種苦惱，但是在武俠世界裡，卻可以縱橫天地、浪跡江湖，放任自己的想像力。眷村的真實生活，為我們的武俠幻想世界建構了一個合理的畫面。

七百四：是嗎？

五十九：好比說，包餃子的顧媽媽，全家人都是練家子！

七百四：哦？

五十九：顧媽媽包餃子很有架勢，這麼……（作狀，形似拱手為禮。）

七百四：這叫起手式。

五十九：顧伯伯負責搓湯圓，這麼……（作狀，形似太極雲手。）

七百四：太極湯圓呀？

五十九：他們家兒子女兒也經常來幫忙，顧大哥揉麵，這麼……（做狀，形似運功。）

七百四：九陽神功！

五十九：顧二姊捻貓耳朵，這麼……（作狀，形似彈指。）

七百四：彈指神通！

五十九：你的想像力也很豐富嘛。

七百四：好說好說。

五十九：每一個青少年，都活在他自己的理想世界裡，有覺得自己是超人的，有覺得自己是俠客的，有人覺得自己是科學小飛俠，有人覺得自己是美少女戰士。有人覺得自己是泰山，有人覺得自己是小甜甜。

七百四：對，像我就覺得自己是派大星。

五十九：你幹嘛要當派大星啊？

七百四：簡簡單單，無憂無慮嘛。

五十九：你是派大星，那我成了什麼？

七百四：海綿寶寶。

五十九：（兒童胡鬧狀）我不要當海綿寶寶！我不要當海綿寶寶！

七百四：好，好……什麼樣子？

五十九：總而言之，眷村的生活，促進了年輕人的想像力。

七百四：這倒是真的。

五十九：眷村是族群大融合的地方。外省人外省人，叫習慣了還以為是一種人，其實就是各種人。十個上海人、八個山東人、五個四川人、兩個廣東人，烏魯木齊沒有人。

七百四：什麼沒有人？

五十九：我們村子裡沒有老家在烏魯木齊的。哈爾濱、佳木斯各有一個。

七百四：這都什麼地方？

五十九：村子裡的人很早就覺悟，誰都是少數，為了求生存、為了幫助別人生存，都得放下矜持，敞開心胸，打成一片。

七百四：路見不平，要拔刀相助。

五十九：這就是俠義之道的基本精神。

七百四：欸！

五十九：村子裡最主要的建築物，就是自治會辦公室，俗稱管理站。

七百四：眷村管理站，舉凡食衣住行、柴米油鹽、發放眷糧、防火救災，乃至於廣播找人、空襲警報，什麼事情都得找它。

五十九：（模擬廣播，南方鄉音）「各眷戶注意！各眷戶注意！是哪一家的小孩子走丟了，掉到街上啦，請到管理站領回。」

七百四：小孩兒都能掉？

五十九：（鄉音）「各眷戶注意！各眷戶注意！是哪一家的太太丟菜刀，掉到街上啦，請到管理站領回。」

七百四：拿菜刀丟誰呀？

五十九：（鄉音）「各眷戶注意！各眷戶注意！是哪一家丟的手榴彈，掉到街上啦，請到管理站領回。」

七百四：還有手榴彈？

五十九：（鄉音）「呃……看錯啦，是一顆乾掉的芭樂，丟掉就算啦！」

七百四：看清楚了！

五十九：管理站，是公家機關，應該就是管理所有的正事。

七百四：對。

五十九：以及所有的閒事。

七百四：啊？

五十九：以及所有芝麻綠豆、雞毛蒜皮的小事。

七百四：全管了。

五十九：所以管理站往往都位居眷村的核心、必經要道上。
七百四：精華地段。
五十九：房子當初蓋的時候很講究，坐北朝南。
七百四：帝王座向。
五十九：正門走進來，正廳，國父孫中山先生半身銅像。
七百四：喝！
五十九：（描述對聯）「革命尚未成功，同志仍須努力」。
七百四：橫批「天下為公」。
五十九：完全正確。
七百四：欸。
五十九：東邊一個房間，西邊一個房間，西邊房間裡堆放資料、工具、器材，包括標語、傳單、手冊，教育大家反共愛國的書刊，失物招領暫時保管的鐵箱，以及擴音器。
七百四：都是重要的東西。
五十九：東邊房間進來，三張辦公桌，一個里長，一個里幹事，一個秘書，桌上有一個電話，是那種沒有撥號鍵盤的。

七百四：iphone。
五十九：什麼年代？哪有 iphone？
七百四：那是？
五十九：方形的電話，旁邊一根直挺挺的電線，連著話筒，話機另一邊有一個小轉輪，壓住話筒，轉輪轉兩下，拿起來聽，那邊就有人講話了。（模擬）「桂林，您好？」
七百四：賣米粉的？
五十九：什麼賣米粉的？
七百四：桂林米粉哪！
五十九：總機的代號！什麼「桂林」、「南海」、「上海」、「江蘇一號」，各代表不同的軍種、不同的單位，花樣多了！
七百四：這些暗號、密碼，好像江湖幫派。
五十九：就是這個意思。當時個人的家庭裡，普遍沒有裝設電話，打電話找人，都是找到單位裡去。眷村管理站的這支電話，就要發揮聯繫的功能。

七百四：對了。

五十九：（模擬某人打電話，四川口音）「喂？我這邊是青城，我叫余滄海，請接嵩山。嵩山？找你們老闆左冷禪講話，格老子的不在？又到哪兒去殺人囉？」

七百四：誰跟誰呀這是？

五十九：過了幾年，銅像換人了，國父換成蔣公。對聯也換了，「以國家興亡為己任，置個人死生於度外」，橫批「禮義廉恥」。

七百四：人死了之後，他的歷史地位會改變，而且會一變再變。

五十九：這時候，西邊房間裡還是堆放了很多日積月累的資料、生鏽的工具、壞掉的器材，包括不合時宜的標語、傳單、手冊，幾十年沒人看的、教育大家反共愛國的、過時的書刊，炸開的鐵箱，裝滿沒人要領的遺失物品，以及報廢的擴音器。

七百四：都是不重要的東西。

五十九：根本堆不下，乾脆把屋頂改成二樓，堆放雜物。

七百四：好嘛。

五十九：左邊的辦公室，還是三張桌子，可是加裝了電視機、電冰箱、電風扇。

七百四：進步了。

五十九：電話機加裝了圓形撥號盤，連接話筒的電線也改成螺旋狀。

七百四：也進步了。

五十九：撥四個號碼就可以打到任何單位。撥零，接通總機，可以要求總機接電信局外線，打到別人家裡。

七百四：太進步了。

五十九：（模擬某女人打電話，過度標準的國語）「喂？我是誰？妳還聽不出來？還有臉問我是誰？我是大理的段太太！叫他聽電話！」

七百四：怎麼了這是？「喂？」

五十九：（模擬）「段正淳！你個死沒良心的，買醋買了三個小時，又買到狐狸精的窩裡去了，還不快給我爬回來！」

七百四：快要丟菜刀了。

五十九：又過了幾年，銅像拆了，原來的座子上擺著一個鮮黃色的兒童游泳圈，前面還有一顆紅嘴的鴨頭。

七百四：黃色小鴨？

五十九：不知道是誰，也給它寫了對聯。

七百四：怎麼寫的？
五十九：上聯三個字，「三條線」。
七百四：沒營養。
五十九：下聯也三個字，「看屁屁」。
七百四：沒腦袋。
五十九：橫批還三個字。
七百四：「呱呱呱」。
五十九：你怎麼知道？
七百四：鴨子就這麼叫的！
五十九：我不要「呱呱呱」！
七百四：那你自己說，要什麼？
五十九：「砰砰砰」！
七百四：為什麼？
五十九：小鴨爆掉了。
七百四：小鴨爆了你反而高興呀？

五十九：一件藝術品，每個人欣賞的角度不同嘛。
七百四：唷！
五十九：東邊還是辦公室，但門經常鎖著，沒人。
七百四：西邊的儲藏間呢？
五十九：不知道，裡面的東西已經堵到門都打不開了。
七百四：啊？
五十九：大家乾脆把家裡沒用的東西都拿到街上，假裝失物招領，都被送到管理站來。漸漸的，管理站就變成回收集中站，二樓的窗戶都擠爆了。
七百四：太荒唐了。電話呢？
五十九：沒有電話。
七百四：為什麼沒有電話？
五十九：家家都有電話，誰還到管理站打電話！
七百四：失去功能了。
五十九：很快的，眷村拆遷整建的計畫開始了，管理站有了結構性的變化。有些村子合併了，幾個里幹事就合併到新的辦公室，有些管理站，就根本裁撤了。

七百四：一個時代結束了。
五十九：我們村子的管理站人員遷走之後，這幢樓很快就起了變化。
七百四：哦？
五十九：它變成了東斜、西堵、南低、北蓋、中間通。
七百四：再說一次？
五十九：東斜、西堵、南低、北蓋、中間通。
七百四：您得解釋一下，什麼意思？
五十九：東邊的辦公室，被屋頂上面的東西壓變形了，門窗都變成了斜斜的平行四邊形，東斜。
七百四：西邊？
五十九：西邊堵著很多年了，西堵。
七百四：南邊？
五十九：地層下陷，低下去一塊，南低。
七百四：北邊？
五十九：牆塌了，蓋滿了碎石磚瓦，北蓋。

七百四：還好，中間還是通的。

五十九：錯！你想的是前後通，其實它是上下通！

七百四：嗐！那黃色小鴨呢？

五十九：還在那兒，洩氣了，不管是什麼東西，一旦退流行，就沒人理它了。

七百四：都是這樣的。

五十九：我上高中的時候，那兒幾乎已經是個廢墟了，偶爾有人爬上二樓，去翻破爛。

七百四：對，都是破爛。

五十九：那天我心血來潮，也順著牆邊的鐵梯，爬上去看看。

七百四：好奇心。

五十九：整個二樓被整理過哩！空空蕩蕩，整整齊齊擺著一桌二椅。

七百四：有人在這兒說相聲？

五十九：我倒想看看是誰？我十四歲的時候，已經會背《相聲集錦》唱片上幾十個段子了，都沒有搭檔。

七百四：對，當時我小學還沒畢業，而且我們還不認識。

五十九：我在二樓東翻翻，西看看，什麼都沒有。

七百四：是誰經常在這兒呢？
五十九：就聽見一個很娘炮的聲音，在底下大聲叫道，（模擬）「給我下來！」
七百四：誰呀？
五十九：村子裡，有七個怪小孩。
七百四：壞小孩？怎麼個壞法？
五十九：不是「壞」，是「怪」，怪小孩。
七百四：怪小孩多得是。
五十九：這七個特別怪。
七百四：怎麼怪法？
五十九：第一個，會**獅子吼**。
七百四：啊？
五十九：（模擬，細聲細氣地）「你敢動我們的東西，你全家變白痴！你爸爸用鼻子喝酒、你媽用耳朵眼兒吃飯，你大爺用眼睛尿尿、你表叔用嘴巴拉屎，你奶奶用豬糞梳頭、你姥姥拿辣椒油洗屁眼兒！」
七百四：會編這種詞兒，拿來罵人太可惜啦！聽著也很不舒服呀。

五十九：所以說是獅子吼呀。

七百四：這種獅子，瀕臨絕種了吧？

五十九：第二個，因為經常被老師罰青蛙跳，跳著跳著，跳出功夫來了。

七百四：**蛤蟆功**？

五十九：第三個，喜歡搖呼啦圈，很厲害，一次可以搖五個呼啦圈。

七百四：**金輪法王**！

五十九：第四個是女生，喜歡繡花，她經常隨身攜帶繡花針。

七百四：（對觀眾）大家跟我一起說，這個人叫做……「**東方不敗**」！

五十九：還有三個男生，是三胞胎親兄弟，特別神秘，沒有人見過他們出手，不知道他們的功夫是哪一路的。只知道他們叫做**阿大阿二阿三**。

七百四：這三個是夠厲害的！

五十九：這七個小孩整日黏在一起，形影不離。

七百四：江南七怪。

五十九：嗯？

七百四：眷村七怪。

五十九：獅子吼快速的爬上鐵梯，站到我的面前，「哈……啾！」打了個大噴嚏。
七百四：打噴嚏要掩住口鼻。
五十九：這誰都知道，他是故意的。
七百四：這是獅子吼的其中一招，專門對付你的。
五十九：說著話，蛤蟆功也到了，一蹦，就上了樓。
七百四：真有功夫？
五十九：對著我「喝……呸！」吐了一口濃痰。
七百四：吐痰要吐進痰盂裡。
五十九：這誰都知道，他是故意的。
七百四：難道吐痰也算蛤蟆功的一招嗎？
五十九：接著，五個呼啦圈分別飛了上來，都被我閃過。
七百四：金輪法王到了！
五十九：對著我噴鼻涕，「撲嘶！撲嘶！」
七百四：擤鼻涕要用手帕、衛生紙。
五十九：這誰都知道，他是故意的。

七百四：這些怪小孩都是下三濫的功夫！
五十九：都是壞小孩！
七百四：（台語）「沒水準兼沒衛生！」
五十九：三個人對我發動了連環攻擊！
七百四：小心！
二　人：（合演一曲RAP）

撲嘶、撲嘶、哈啾、呸！撲嘶、撲嘶、哈啾、呸！
撲嘶、撲嘶、哈啾、哈啾、呸呸呸！
撲嘶、撲嘶、哈啾、呸！撲嘶、撲嘶、哈啾、呸！
撲嘶、撲嘶、哈啾、哈啾、呸呸呸！

忠孝仁愛不記得，撲嘶、撲嘶、哈啾、呸！
禮義廉恥忘光光，撲嘶、撲嘶、哈啾、呸！
偷錢撒謊嗑藥喝酒翹家打架不洗澡！
撲嘶、撲嘶、哈啾、哈啾、呸呸呸！

我是壞小孩！我是壞小孩！

撲嘶、撲嘶、哈啾、哈啾、呸呸呸！

忠孝仁愛不記得，禮義廉恥忘光光，

偷錢撒謊嗑藥喝酒翹家打架不洗澡！

我是壞小孩！我是壞小孩！

撲嘶、撲嘶、哈啾、哈啾、呸呸呸！

（亮相。略一停頓。）

七百四：他們聯手，你招架得了嗎？

五十九：哼！無論他們的外家招式多麼兇狠、多麼噁心，也要有足夠的彈藥。

七百四：什麼意思？

五十九：請問，一個人是有多少鼻涕？多少痰？可以讓他盡情、無止境的發射？

七百四：這？

五十九：內功不好，就沒有持續性。

七百四：說的對。

五十九：兩三下他們就虛了，放在那邊晾乾。

七百四：晾乾是什麼意思？

五十九：但是，不知道什麼時候，一個女生已經悄悄地站在我的背後，手裡拿著針線，正在繡花。

七百四：東方不敗！

五十九：就看三個男生同時向後退了一步，東方不敗撅起屁股，憋氣，彷彿要施展絕招了！

七百四：該不會是？

五十九：不知怎麼了，沒有放屁。我不假思索，上去伸手一把奪過她的針線，往樓下丟，拉扯中一個不穩，她摔倒了，就哭了。

七百四：你打女生呀？

五十九：我打敗了東方不敗！

七百四：是嗎？

五十九：我沒空和他們糾纏，直接下樓。

七百四：別理他們。

五十九：然而我心裡也納悶？他們七個不是形影不離的嗎？怎麼只來了四個？還有三兄

弟呢？

七百四：在北海道。

五十九：為什麼在北海道？

七百四：北海道薯條三兄弟，じゃがポックル！

五十九：什麼？

七百四：沒事，別理我。

五十九：我回過身來，對二樓大聲說道，「四個壞小孩！你們輸了！」

七百四：輸了！

五十九：樓上傳來一股喧鬧，幾個聲音一齊喊，「哈哈！你才輸了！」

七百四：怎麼回事？

五十九：我仔細上樓一瞧，一二三四五六七，七個壞小孩！

七百四：不是只來了四個嗎？

五十九：另外那三兄弟根本一直都在。

七百四：在哪兒呢？

五十九：假扮成一桌二椅了！

七百四：變身術？這功夫太高了！

五十九：好！君子報仇，三年不晚！

七百四：三年？他們七個都很厲害，功夫都很賤，你再練七個三年也不夠。

五十九：我打敗了東方不敗。

七百四：算你贏了一個，還有六個，三六一十八。

五十九：君子報仇，十八年不晚！

七百四：不要鬧了。

五十九：君子一言，駟馬難追，告辭了！

七百四：誰理你呀？

那段飛沫RAP，雖是演出時的高潮，我卻擔心被青少年（或更年幼的兒童）學去，到時又有不開明的家長來責怪。

各位家長，相聲是成人藝術，請審閱內容後再放給孩子們欣賞，就像是你審慎保管家中的成人刊物一樣。這個世界上，沒有兒童可欣賞的A片，是吧。

前往演出場所，欣賞表演藝術，發乎於個人自主意志與行為，各位可知劇場演出是「沒有分級制度」的，除非特別強調是兒童節目，否則當然便是成人節目，演出單位沒有義務特別告知。劇團經常要在演出現場入口攔阻兒童入場時，遭到強勢家長的抗議。家長總認為，「我的小孩很懂事」，那麼，堅持帶入場中的七歲以上少年，就該由家長自行負責。

【相聲瓦舍】還是盡可能的在演出刊物或出版品印上「創作者不建議十六歲以下青少年及兒童觀賞本節目」。

這是不可批評的，是自主意志、創意自由，是「第四權」，請留意。

至於有沒有人主張相聲藝術「應該」可以闔府共賞？我真的不清楚，只能說，那些意見不能涵蓋或代表我，請見諒。

余滄海、左冷禪

出自《笑傲江湖》。這裡指青城派的掌門人余滄海，以及嵩山派的掌門人左冷禪。青城派位於四川，書中第一回描述，青城派門下弟子初到福建之時，滿口「格老子」、「龜兒子」。而左冷禪身為五嶽劍派盟主，作風狠辣，為了合併五嶽劍派，設計殺人無數。兩人都處心積慮謀奪《辟邪劍譜》。

段太太、段正淳

出自《天龍八部》。大理國鎮南王段正淳風流成性，到處留情。書中出現過的情人就有木婉清之母秦紅棉、鍾靈之母甘寶寶、阿朱阿紫的母親阮星竹、王語嫣的母親李青蘿、馬大元的妻子康敏等人。「段太太」即鎮南王妃刀白鳳，因為丈夫如此行徑，憤而出家做了道姑，稱「玉虛散人」。

東斜、西堵、南低、北蓋、中間通

「東邪、西毒、南帝、北丐、中神通」，是《射鵰英雄傳》中參與過華山論劍爭奪《九陰真經》，武功最高的五人：黃藥師、歐陽鋒、段智興、洪七公、王重陽。五絕名號不僅代表了其所屬方位，更透露了其人格特質或身分。到《神鵰俠侶》時，五絕更動為「東邪、西狂（楊過）、南僧、北俠（郭靖）、中頑童（周伯通）」。

獅子吼

《倚天屠龍記》中，謝遜在王盤山島以吼聲震死海沙派、巨鯨幫、神拳門等無數參加「揚刀立萬」大會的江湖人士，崑崙派兩人瘋癲，許多仇家聞此色變，稱為「獅子吼」。杜百當為防此吼，甚至刺聾了自己耳朵。另在《天龍八部》與《笑傲江湖》，也提到「獅子吼」是佛門一項極上乘的功夫。

蛤蟆功

武功名，出自《射鵰英雄傳》。西毒歐陽鋒所練武功，在《神鵰俠侶》時曾傳授給義子楊過。「蛤蟆冬眠之期極久，在土中隱藏多時，積蓄體力，一出土便精神百倍。歐陽鋒所練蛤蟆功主旨與此相仿，平日練功，長期蓄力，臨敵時一鼓使出。又月中蟾蜍，俗稱蛤蟆，此功於夜中對著月亮中黑影而練，故有此稱。」

金輪法王

出自《神鵰俠侶》，初版作「金輪法王」，新修版改為「金輪國師」，為蒙古國師。所執武器是金輪：「徑長尺半，乃黃金混和白金及別的金屬鑄成，輪上鑄有天竺梵文的密宗真言，中藏九個小球，隨手一抖，響聲良久不絕。」另有銀銅鐵鉛，共五隻輪子。

東方不敗

出自《笑傲江湖》。日月神教教主，有「當世第一高手」之稱。接任教主之位後，為修習《葵花寶典》自宮練功，煉丹服藥，逐漸開始寵信楊蓮亭，不管教中事務，只在房中刺繡。全身武功化於一手繡花針上，「趨退如電」，連令狐冲、任我行等高手也險些不敵。

阿大阿二阿三

出自《倚天屠龍記》。趙敏手下被派出向武當派挑戰的三人。「阿大」曾是丐幫長老「八臂神劍」方東白，使劍。「阿二」是「金剛門」中異人，天生神力，武當六俠殷梨亭遭此人毒手，四肢斷折粉碎。「阿三」亦是金剛門門人，擊斃身懷「龍爪手」絕技的少林和尚空性，也是使得武當三俠俞岱巖受傷殘廢的元兇。

钂、棍

钂，是農具變化而來的兵器，鐽子、耙子之類。右圖看到的钂，是依「月牙鏟」而畫，豬八戒的九齒釘耙，也是廣義的钂。

九齒釘耙的正名，是「上寶沁金耙」，太上老君打造的。而沙悟淨的「降妖真寶杖」，是吳剛取月宮的梭羅木，由魯班打造的。一些圖畫裡看到，給沙悟淨拿一根月牙鏟，不對，降妖杖的形狀，是一根黑黑的棍子。

棍形兵器，講究勻稱，通體兩頭對等。棒形兵器，則是強調終端變大，或鑲有釘齒。所以，沙悟淨的兵器雖名為「杖」，在形制上，是為「棍」。還有一件更有名的兵器，雖名為「棒」，也是根「棍」，即孫悟空的「如意金箍棒」。

當然，另一根名震江湖的棍形兵器，便是丐幫傳幫聖物「綠竹杖」，或稱「打狗棒」。

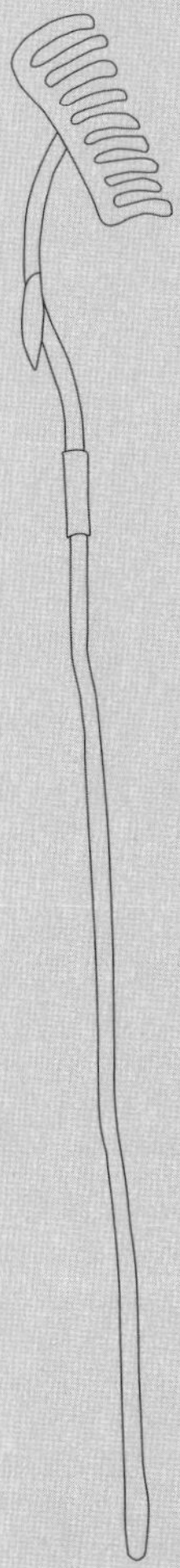

九齒釘耙

第七章 瘋

我一生之中，麻煩天天都有，管他娘的，喝酒，喝酒！

——迴雁樓坐著打，令狐冲對田伯光説笑。

【烹小鮮】

所謂「說金庸」，並非是說金庸故事。說書是美事，我也愛，但，寫下一部劇本，只是將金庸故事取來說說，未免保守。又，按照老相聲的做法，「歪講」一番？二十一世紀了，還這麼做，也嫌自己太懶。

於是，我將金庸作品視為「素材」，確定自己原本要表述的觀點，搭好架構，將武俠素材信手捻來，隨機取用。這麼走，我絕不會成為小說的附庸，金庸作品成了我的靠山、幫手，寫作出來的劇本是全新的，熱愛金庸的人會感覺有趣，不熟金庸的人也不至於看不懂。有人看門道，有人看熱鬧，都是我的讀者、觀眾。

然而，我有偏好。「飛雪連天射白鹿，笑書神俠倚碧鴛」，全選全用？那是笨蛋！一個作者，怎會沒有範圍設定。第一，想摒除背景是清朝的作品。第二，只在《射》、《神》、《倚》三部曲取材。第三，創意內功來自金庸，但招式不可限於金庸。

一寫，就立刻違反了第一、第二原則，只因我太喜歡《笑傲江湖》和《天龍八部》，台上又有個宋少卿，若不提韋小寶，他怎有發揮？

這樣一來，重定素材範圍，相關六部作品，占全集冊數三十六分之二十六，可不小啊。烹小鮮，得先上市場買食材。按照劇本的先後順序，羅列來自原著的材料。

段子一〈一二三〉：

◎段子名「一二三」，暗示將提出各種書中有關「三」的觀點。

◎包子幫的組織架構，仿效明教與丐幫。

◎舉例「張無忌擔任明教教主，和教眾約法三章」，以及各書中關於「三個約定」的情節。

◎列舉原人物，名字裡有「三」字者。以及有關於數量、排序的人物群。

◎列舉帶有「三」字的毒藥、武功。

◎利用「襄陽」地名，杜撰事件「三撞襄陽城」。順便引用與郭靖相關的人物、事件為輔助。

段子二〈十六〉：

◎段子名「十六」，聯想楊過、小龍女的「十六年之約」。

◎唱一曲蒙古歌，故意提到兩位蒙古姑娘華箏、趙敏，以求印證。

◎談到醫病，提起兩位名醫平一指、胡青牛。
◎提及「天龍八部眾」的原始觀念。
◎翅膀上有刻字的蜜蜂吉祥物，與「玉蜂漿」。
◎楊過也會背的蘇軾作品〈江城子〉。
◎列舉幾對青年愛侶傳情的事件。
◎跳下絕情谷。且在下墜時，歷經多個作品的「下墜」情節，「鐵掌峯」、「雁門關」、「萬安寺」等。
◎提到幾位已辭世的「絕世高手」名號。
◎多次「引刀自宮」。

段子三〈十八〉：

◎段子名「十八」，引用丘處機與江南七怪的「十八年之約」。
◎打電話，余滄海、左冷禪、段正淳都成了相關人物。
◎歪解「東邪」、「西毒」、「南帝」、「北丐」、「中神通」為建築物的狀態。
◎獅子吼、蛤蟆功、金輪法王、東方不敗、阿大、阿二、阿三成了七個眷村怪小孩。

◎腳踏車名叫小紅馬，羽絨衣即是軟蝟甲，黑傘是玄鐵重劍，「雙鵰」居然是燒雞、鹹水鴨。

◎「雞屁股留給我」，是洪七公初登場的第一句台詞，紅葫蘆、綠竹杖也都是他的隨身物。

◎提起幾種著名毒藥。

◎將七位女性主要角色牽和成「七個老婆」。

尾聲：

◎將明教與社會事件做了癲狂的拼貼。

烹小鮮的第二個動作，是使用家中已有的器具、調味料，也就是劇作者本人的經歷、觀點，與素材進行融合。大致包括以下幾項：

◎感嘆媒體正義之不存。

◎對社會事件或現象的諷刺。

◎參與演藝事業的經驗。

◎觀賞影視作品的美好回憶。

◎強調閱讀原著文字之美。
◎藝術品味再增進。
◎眷村生活，原生家庭能量。
◎分享來自信仰的感動。
◎闡述武俠之「俠」，利他的志向與理想。

至於烹調的手段、火候的控制，拿捏極為細緻，文字說不清。端上桌的菜餚，照例有人很喜歡，有人吃不慣，大家多包涵。對於「哏」的見解，隨個人品評能力不一，而有「厚」、「薄」之辨。有哏沒哏，饗哏餿哏，不同的時代，不同的群體，有不同的接受度。我畢竟自命為知識分子，想要實現「每次向前走一步」的自我要求。但總不外乎喜劇創意人的基本態度：「趨吉避凶」、「自我解嘲」、「追求幸福」。

而統攝於中的精神，就是大器的兩個字：

幽默。

戲接近尾聲了，重量級的高手要登場了。

劇本三之二

五十九：很快的，十八年過去了。
七百四：功夫呢？
五十九：我不是練武功的材料。
七百四：這人讀書寫字，當教授了。
五十九：尤其是他們那幾路怪功夫，什麼放屁吐痰的，我臉皮薄，學不來。
七百四：是呀。
五十九：但約定就是約定，既然約了，就要赴會。
七百四：人家沒聽見。
五十九：我說的話，我自己聽見了。
七百四：好，有個性。
五十九：更何況，我挺想念他們，如果真能見上一面，看看他們也好。
七百四：如果要比武呢？

五十九：男子漢大丈夫！

七百四：怎麼樣？

五十九：我直接認輸就是了。

七百四：能屈能伸，也好。

五十九：十八年後，當我按照約定的日期回到村子，已經全部變成廢墟了。

七百四：拆了。

五十九：我騎著小紅馬，穿著軟蝟甲，揹著玄鐵重劍，肩膀上架著雙鵰，在村子裡，漫無目標地遊走。

七百四：你臭美吧你，還小紅馬哩，你誰呀你！

五十九：每一個江湖俠客，都有屬於他自己的理想外貌。

七百四：幻覺。

五十九：所以請不要打斷我的幻覺。

七百四：好好好。

五十九：我循著記憶，在一團一團的瓦礫堆裡，思索著畫面。

七百四：也只能這樣了。

五十九：咦？
七百四：怎麼了？
五十九：管理站！還在！
七百四：沒拆嗎？
五十九：可能是因為本來就爛，所以拆除大隊認為那是拆過的。
七百四：噎。
五十九：我站到它面前，十八年居然沒變！東斜、西堵、南低、北蓋……
七百四：中間通。
五十九：前後左右上上下下，全通了！
七百四：好嘛。
五十九：我從側邊的鐵梯，爬……咦？
七百四：怎麼了？
五十九：鐵梯沒了，是一把鋁梯。
七百四：這？
五十九：到上面一看，挺乾淨的，中間樓板的大窟窿，用幾塊木板補過了。

七百四：有人整理呀。
五十九：碗筷、砂鍋、玻璃杯。
七百四：有人在這裡搭伙。
五十九：棉被、枕頭、大蚊帳。
七百四：有人在這裡打盹。
五十九：骰子、麻將、老鼠牌。
七百四：有人在這裡打牌。
五十九：內褲、藥丸、保險套。
七百四：有人在這裡打炮。
五十九：你說點衛生的好不好！
七百四：你拐我！
五十九：一張桌子、兩把椅子。
七百四：檢查一下？
五十九：木頭的。
七百四：不是人化妝的。

五十九：我把小桌面清了清，把雙鵰放下。

七百四：等一下！「雙鵰」是什麼意思？

五十九：一隻果貿三村的桂花燒雞，一隻自立新村的鹹水鴨。

七百四：都熟了呀？

五十九：哎呀！

七百四：怎麼了？

五十九：哎呀！哎呀！哎呀！

七百四：怎麼了怎麼了怎麼了？

五十九：忘了帶酒了！

七百四：外行了！所謂「有酒沒有肉，順便打條狗。有肉沒有酒，白白死了狗。」

五十九：有這句呀？

七百四：你平常喝得少，所以不懂。酒肉酒肉，大口喝酒，大塊吃肉，人生在世，總要交幾個喝酒吃肉的酒肉朋友。燒雞比較油，要配黃酒，鹹水鴨味道重，要配白酒，如果都沒有，紅酒也是退而求其次的選擇。只喝酒，不吃肉，傷胃，只吃肉，不喝酒，傷心！反正不管怎麼說，有肉，必須得要配酒。

五十九：不管，我照樣擺好了雞鴨。
七百四：一個人吃不下。
五十九：希望七個怪小孩來了會帶酒。
七百四：你們沒約好，人家不會來。
五十九：眼看天就要黑了。算了，我自己一個人吃了。
七百四：傷心。
五十九：就在這個時候，來了一個人！
七百四：誰？
五十九：一位老先生，大叫著說，（模擬，一般口音）「雞屁股留給我！」
七百四：行家。
五十九：身輕如燕，足不點地，噌！就上來了！
七百四：喲？
五十九：這才看清楚，七十多歲的一張臉孔，不是我們村子的鄰居，揹著一個紅色的大葫蘆，手上拿著一根綠竹竿。
七百四：啊？

五十九：現成的砂鍋、玻璃杯，順手抄過來，拔開葫蘆，呼嚕呼嚕各自斟滿。
七百四：豪氣！
五十九：（模擬，老人家說話）「『清明時節雨紛紛，路上行人欲斷魂，借問酒家何處有，牧童遙指杏花村。』這酒，雖然不是杏花村來的，味道還行，喝！」
七百四：喝嗎？
五十九：我一聞，欸，是金門高粱欸！
七百四：上好的白酒！
五十九：（老人）「小朋友，你猜我幾歲了？」
七百四：不是說七十幾歲嗎？
五十九：（老人）「我九十了！」
七百四：啊？
五十九：（老人）「民國十四年三月十二日生人，孫中山在北平協和醫院過世當天，我

在隔壁產房出生。」

七百四：啊？

五十九：（老人）「一口白酒，遙祭永遠回不去的家鄉。乾！」

七百四：感慨這個時代。

五十九：（老人）「武俠武俠，武是技巧，俠是心態。很多人過度重視武功的技巧，追求名揚四海、登峰造極，卻忘記了要行俠，巧取豪奪、窮兵黷武，終究個人成就很高，服務他人太少，可惜可惜！」

七百四：說得好。

五十九：他撥了撥葫蘆口，又倒出來的酒，居然是深琥珀色的！

七百四：葫蘆有機關呀？

五十九：（老人）「『山外青山樓外樓，西湖歌舞幾時休，暖風薰得遊人醉，直把杭州做汴州！』」

七百四：貪圖眼前的享受。

五十九：（老人）「眷村在，外人笑我們迂腐，還想著要反攻大陸？那是大國氣度！我雖然住在小島上，雖然困在竹籬笆裡，但我有夢，夢裡，有河山，有江湖，有大漠。

村子沒了，夢也碎了，就騙騙自己，說原本就是島民，是路過！」
七百四：唉！
五十九：（老人）「一口陳年紹興，紀念再也沒有了的眷村。乾！」
七百四：哎！
五十九：（老人）「江湖江湖，飄飄蕩蕩，如夢似幻。一切看得見的東西都是幻覺，等你終於散盡一切的財產，就可以真正自在遊歷江湖，就真正快樂了！」
七百四：這很有哲學意味。
五十九：他又撥了幾下葫蘆口，再倒出來的，是深紅色的葡萄酒！
七百四：這葫蘆有三層呀？
五十九：太香了！
七百四：又該吟詩了。
五十九：（老人）「『葡萄美酒夜光杯，欲飲琵琶馬上催，醉臥沙場君莫笑，古來征戰幾人回？』」
七百四：最應景的就是這首了。
五十九：咕咚！咗！

七百四：怎麼了？

五十九：不是酒，是醋！

七百四：果醋呀？

五十九：（老人）「一口葡萄醋，反映了變味的人生。酸澀苦悶，也要一飲而盡！」

七百四：話是不錯，喝之前你嘛通知一下欸。

五十九：（老人）「通知不通知，有什麼差別？你以為是酒，那是你以為，其實是醋，又怎樣？好不好喝，不在舌頭，是由你的心來決定的。」

七百四：境界太高了。

五十九：他說得對，我喝！咕嚕咕嚕……其實味道還不錯……

七百四：不要勉強喔。

五十九：（老人）「不同資質的人，練不同的武功。你的武功，就是說話，好好說故事。幫助別人記憶美好的事物，觸發想像力，幫助其他不同需要的人，好好說話。常懷利他之心，就不違俠義之道。」

七百四：前輩說得太有道理了，就請前輩傳授心法。

五十九：（老人）「剛才已經傳過三招啦！」

七百四：啊？

五十九：（老人）「這就是所謂的『休對故人思故國，且將新火試新茶，詩酒趁年華。』」

七百四：這裡怎麼會有蘇東坡呀？

五十九：我突然感到一陣昏眩！

七百四：那酒……該不會……

五十九：我心裡瞬間轉過了幾個念頭……金蠶蠱毒？悲酥清風？十香軟筋散？

七百四：都是著名的毒藥。

五十九：這麼有趣的老前輩……怎麼會？怎麼會？

七百四：我看只是喝混酒，而且喝太快。

五十九：不知道過了多久，我在迷迷濛濛中悠悠醒轉。

七百四：宿醉。

五十九：沒有，頭不痛、腰不痠，胸口不鬱悶，嘴裡不發乾。

七百四：咦？

五十九：咦？我在自己的床上？

七百四：怎麼回家的？

五十九：我完全記不得？

七百四：這症狀有點怪了。

五十九：揉揉眼睛，我老婆在旁邊。

七百四：是在家裡。

五十九：她側身看著我，輕輕拍拍我的臉，（老婆）「喂！醒醒！醒醒！」

七百四：好嘛。

五十九：（老婆）「醒醒，做惡夢了，還說夢話哩！」

七百四：醒醒吧。

五十九：黑漆抹烏的，我還睡眼矇矓，糢糢糊糊看不清楚。

七百四：睡糊塗了。

五十九：啊？芷若，是妳嗎？

七百四：你老婆是她嗎？

五十九：（老婆）「哼！誰是芷若，你有野女人！」

七百四：叫錯了。

五十九：那妳是語嫣？（老婆）「不是！」蓉兒？（老婆）「不是！」

七百四：完蛋了。
五十九：阿朱？阿紫？敏敏？盈盈？（老婆）「不是不是不是不是！」
七百四：你已經叫了七個名字了。
五十九：我希望有七個老婆嘛。
七百四：韋小寶啊？
五十九：（老婆）「你連自己老婆叫什麼都忘了！」
七百四：這……
五十九：那我平常都是怎麼呼喚妳的？
七百四：怎麼叫的？
五十九：（老婆）「你平常都是叫我……」
七百四：嗯？
五十九：（老婆）「姑姑。」
七百四：別挨罵了！

後台秘辛

若要選出一位最具特質的「金庸女郎」，非「姑姑」莫屬！即使只是影視選角，都可以眾家喧騰，誰適合、誰不適合，各有推崇。連金庸先生本人也會跳出來表達偏好哩。

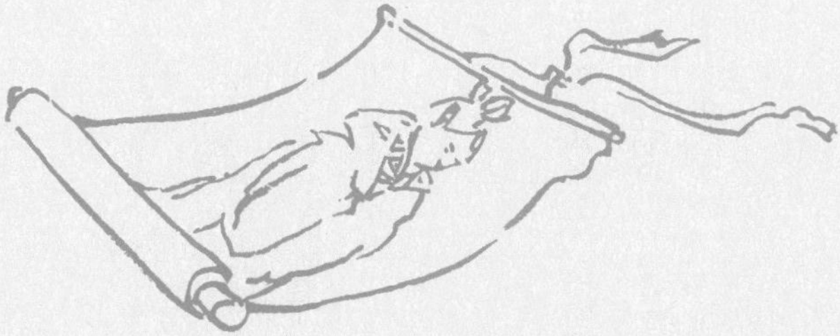

金庸小百科

小紅馬、軟蝟甲、玄鐵重劍

小紅馬，郭靖坐騎。是十分珍貴的汗血寶馬，郭靖少年時在蒙古大漠馴服而得。跟隨郭靖多年，到《神鵰俠侶》時更多次負載郭家人屢屢脫險。

軟蝟甲，東海桃花島至寶，黃藥師給愛女黃蓉的防身物。生滿倒刺、同刺蝟一般的護身軟甲，刀槍不入。

玄鐵重劍，劍魔獨孤求敗用劍。外型「黑黝黝的毫無異狀，卻沉重之極，三尺多長一把劍，重量竟自不下七八十斤，比之戰陣上最沉重的金刀大戟尤重數倍。」「兩邊劍鋒都是鈍口，劍尖更圓圓的似是個半球。」神鵰引楊過至劍塚，發現此劍，劍塚刻字云：「重劍無鋒，大巧不工。四十歲前恃之橫行天下。」

「雞屁股留給我！」

九指神丐洪七公初登場，出自《射鵰英雄傳》第十二回〈亢龍有悔〉。黃蓉整治了一隻叫花雞，正要與郭靖享用時，突然聽到一句：「撕作三份，雞屁股給我！」洪七公的標準打扮正是「身上衣服東一塊西一塊的打滿了補釘，卻洗得乾乾淨淨，手裡拿著一根綠竹杖，瑩碧如玉，背上負著個朱紅漆的大葫蘆。」為人正直親和，極好美食。

金蠶蠱毒、悲酥清風

金蠶蠱毒，出自《倚天屠龍記》，首現於華山派掌門鮮于通少年時在貴州中此毒，得胡青牛救治。「天下毒物之最，無形無色，中毒者有如千萬條蠶蟲同時在周身咬嚙，痛楚難當，無可形容。」中毒者會苦受折磨七日七夜之後，才肉腐見骨而死。

悲酥清風，出自《天龍八部》，首現於丐幫杏子林大會，西夏人以此擒伏群丐。是一種「無色無臭的毒氣，係搜集西夏大雪山歡喜谷中的毒物製煉成水。」使用方法是「拔開瓶塞，毒水化汽冒出，便如微風拂體，任你何等機靈之人也都沒法察覺，待得眼目刺痛，毒氣已衝入頭腦。」中毒症狀為「淚下如雨，稱之為『悲』；全身不能動彈，稱之為『酥』。」

姑姑

出自《神鵰俠侶》。楊過入古墓派，拜小龍女為師，曾對小龍女道：「我心裡當你師父，敬你重你，你說甚麼我就做甚麼，可是我口裡不叫你師父，只叫你姑姑。」理由是：「我拜過全真教那臭道士做師父，他待我不好，我在夢裡也罵師父。因此還是叫你姑姑的好，免得我罵師父時連累到你。」之後兩人相戀，仍以「姑姑」、「過兒」互稱。

流星

「流星」就是以鍊、索控制的投擲性兵器。西方的鐵甲武士，短鐵鍊的另一頭，一顆突滿尖刺的鐵球，也是流星。

不免令人聯想，雙節棍、血滴子，莫非也是流星的發展變形？

電影《追殺比爾》，栗山千明所飾演的女護法，身著高校制服，長襪短裙，絕對領域，好個三白眼蘿莉！長鍊流星，與烏瑪舒曼手中「八取大師」鍛造的武士刀，一場惡戰！

當然，流星到了小龍女手上，自當是「公孫大娘舞劍器」，看似飄帶，行似凌波，金鈴索已然擊中要穴！

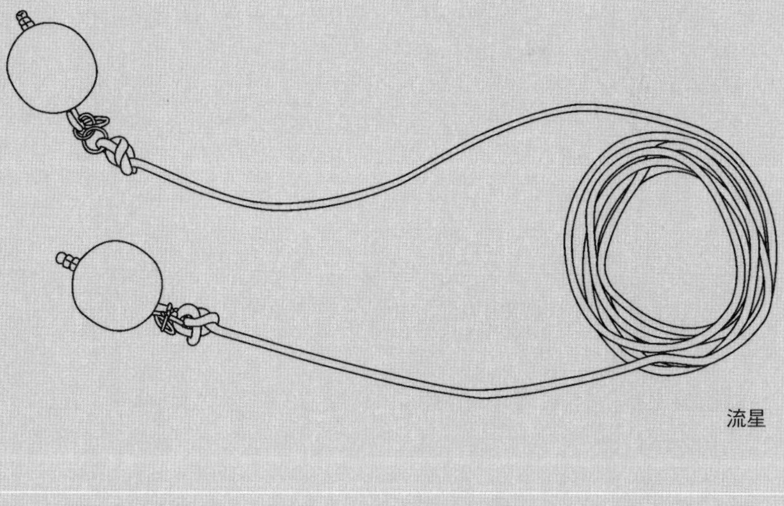

流星

第八章 撰

一招一式，務須節節貫串，如長江大河，滔滔不絕。

——武當山大敵當前，張三丰對張無忌臨陣教誨。

【沈先生】

從上海前往杭州，十二月底，特別濕冷，雖然雨下得不大，然而車外煙雨濛濛，車內二氧化碳也是蒸氣濛濛。

抵達杭州時，氣溫更低了些，展現了我們海島人不常見過的「雨夾雪」天氣。撐開雨傘，啪噠啪噠地，像是半杯半杯的奶昔，潑灑著。

從昆明而北京、上海，已到了杭州，還差最後一站廈門，一趟因巡迴演出而建構的旅行接近尾聲。出發前訂定的寫作計劃全走了樣！昆明待的時間短，不急著開始。原以為北京必定冷，就不出門吧？誰想蔚藍晴空，不出門走走多麼可惜！上海霾害警報，必不能外出了？誰想雲開霧散，好想出去看看！

華歆總被窗外的事物吸引，同學管寧與之「割席分坐」。該要用功讀書寫字，卻一再改成「外出行走」，這等冥頑，該當割席！但我自己如何割了自己？

西湖雨天，號稱「山色空濛」。西湖十景，其一即是「斷橋殘雪」。雨雪西湖，怎能忍住不去看看哪！

書僮依庭不免嚴肅起來，雖然與老師同行，總能吃香喝辣，難以抗拒也無需辭謝，就說在西湖那幾日，幾乎是餐餐有魚、飯飯有酒，不枉這一遭！但資料未查、劇本未寫，返台開天窗，也要問個勸諫不勤的連坐之罪。那這樣吧，帶齊電腦、紙筆，到西湖邊去，鑽進咖啡廳，既暖且美，看看順便寫點什麼？

點咖啡的時候，我就注意到這個人。看似六十出頭，標準江南口音，偶爾夾著英文，調戲店員：「**Really？妳推薦這個？Not so sweet？OK, I trust you.** 就點妳說的這個。」看他穿著牛仔褲，圍著絲質圍巾，一把歲數了還逗弄只有他三分之一年齡的小女生，裝什麼年輕啊？

上樓，選了窗邊的好位子，西湖美景盡收眼底。這是下雨次日，偶然裂開的彤雲射下幾許金光，一閃又逝。我覺得，可以拍兩張照片，以為書中可用，依庭拿著相機，我們到戶外陽台拍照。

照片各位看到了，就是本書作者簡介用的那張。

回到室內，還未坐定，那老頭上來說話：「打擾了，我可以請問嗎？」

我真的很怕遇上算命的，糾纏不休，且會在你推辭時說幾句難聽話，言語降災，平添煩惱。我也很怕遇上傳教的，也很怕遇上傳銷的，更怕遇上瘋魔戲迷粉絲。

「我看你們不是本地人，來工作還是旅遊的？」

「工作，順便偷閒旅遊。」這沒什麼好需要扯謊。

「我是退休老人，就喜歡在這裡找人說話。」

喲？亮招子？我都怕錯啦？

「我們是台北來的。」

「我大半輩子都在美國，也有些年在歐洲，退休了，回家鄉來住。」

完了！就這麼扯下去，今天的工作泡湯了，文具白帶了，電腦也白扛了。要逃走嗎？這裡這麼美，來了就走，多冤哪！

沈先生七十歲了，他的老媽媽還在，九十多了。女兒很貼心，女婿很適切，唯一一點辛酸就是外孫女，想要見見、玩玩，得要和女婿的父親搶時段。

沈先生年輕時在美國留學，學航太科技，一生大部分的時間，是在美國的機構、政府訓練人才，並轉介人才來到（或回到）中國大陸。他問我是幹什麼的？我說是劇本作家，也是演員，而且不在影視媒體，是傳統的劇場工作者。

他大樂：「我就說嘛，氣質不一樣！」隨口就提了三點，認為是我可以列為參考的服務，似是他多年專長的即興展現。

一，以劇情為基底，設計虛擬旅行，為老人與行動不便者創造旅行的感受。
二，利用各國、各民族的劇本文學，設計讀劇或演劇活動，為非戲劇工作者打造文化研習內容。
三，拋棄或分贈一切有形財產，獲致真正的心靈樂趣。

關於第三點，他舉例。原本在錢塘江邊有一幢臨江豪宅，偶爾去待一待，不怎麼實用，脫手後得錢，留存一小部分，住到西湖畔小宅養老，絕大部分交給女兒女婿繼承。一個人花了一輩子，攢積所謂的財富，以為有所準備，都不如放下時，真正感到輕鬆。

我對一點頗感興趣。他言談間，老母、女兒、女婿、外孫女，皆是反覆提及，就連搶時段的親家也有篇幅，怎地，全無「妻子」？

越聽越是確定，他刻意避開不提，是引我問？

遐想空間太大了。是太愛，以致不能提？還是太恨？還是……

我決定不問，欸，他居然也就不提。

原本計劃用在寫作的時間，又全都用在聊天。他不傳教、不賣貨、不是算命的，尤其，根本不認識我，絕非戲迷騷擾。一個談話重點放在「利他」的老書生，就算急切了些，也沒有關係。他對我不甚清楚，只知姓馮，我對他更是模糊，只問得姓沈，交淺言深，陌生人的慈悲！

這篇文章寫在這裡，不外乎一個原因。回旅館後，極為順手地，幾乎是一氣呵成地，寫出了《說金庸》劇本的下半場，「十八」。

【楊左使】

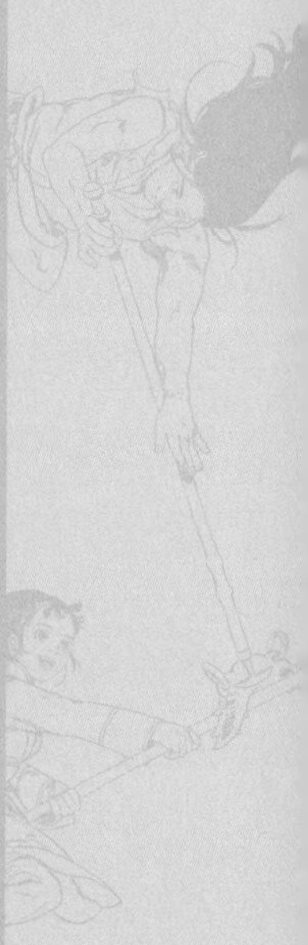

「光明頂」是《倚天屠龍記》的大高潮。張無忌拉著小昭，從陽頂天密道中出來，插手管了六大派圍攻明教，技壓群豪，也教訓了往日仇敵，失神被周芷若用倚天劍刺傷，並與武當諸俠和白眉鷹王相認。書上一百多頁，不加情緒以常速朗讀，也需超過四小時。

這麼大的篇幅，這麼多的人物，這麼交錯的情節，這麼糾葛的愛恨情仇，總共過去多少時日？

當天，當下。

真是了不起的「三一律」！只為排難解紛一事，只在光明頂廣場一地，故事內的時間與實際時間一比一同步。

小時候看報紙副刊的連載，每天一小格，「光明頂」得要很多天才登完，遠超過了故事情節流逝的時間。這「三一律」觀念，是古聖賢亞里斯多德提出的，影響古典歐洲戲劇文明甚鉅。現代作家活用西方古典美學，處理中國古風小說情節，可謂浪漫！

早就想把「光明頂」的段落抽出來，單獨處理。編成戲曲，尤其是狂愛的京劇藝術，躍躍欲試！試想：老生楊逍以打背拱形式，大段唱腔，說唱前情故事，交錯以青年武生張無忌，車輪戰六派高手，老旦滅絕師太，花旦周芷若，以及由宋少卿以三花扮演的何太冲，配上本人，以潑辣旦應工的班淑嫻，光想都樂翻了！

在這個複雜的計劃實現之前，先做個簡單的。把「光明頂」好好讀一遍，切割成十二個段落，包括張無忌暫攝教主之位，擬定計劃，重整總壇，尋訪金毛獅王，帶眾人下山。

最後一次進錄音間，完成錄製，也製作了別緻的片頭。說穿了，我就是個愛說話的人，將自己的興趣，鍛鍊成才能，想著眾人、意圖分享，做一點工作往往也獲得大家賞識。天黑了，回家的計程車上，感到無比的舒暢，彷彿往美麗的計劃實實在在的又邁進一大步。一陣厚重的疲憊襲來，應該是說了太多的話，真氣不純，當下緩住歡愉的情緒，低眉，深呼吸。

就是這個低眉的動作，讓我準準地看見正前方椅背，懸掛著計程車營業登記證，上面清清楚楚寫著駕駛人姓名：「楊左使」。

啊？

是明尊獎賞嗎？我為「光明頂」發聲，大功告成的那天，派了楊左使送回家？我雖是忠誠劇場人，這般戲劇性，也太激烈了！

總要說兩句，表達一下：「楊先生，你的名字取得好啊！」

「不敢當，謝謝。」司機楊先生回道：「父母取的，也沒有特別說原因。」

看他年齡比我大得多，總在六十歲以上了。我說：「你的名字，是武俠小說裡一個重要的人物，《倚天屠龍記》的楊道，楊左使。」他回說：「我看過！哎呀，年輕的時候也愛看，看了就忘了，什麼《神鵰》啦、《射鵰》啦，好像都有關聯的噢？」接下來咿咿哇哇地，不著邊際地瞎扯了一番。我發現他為了說話，車子會偏斜壓線，快要成楊「左駛」了，趕緊停下話題，讓他專心。

最後的十分鐘車程，我美滋滋地品味著，專心致志，將自己所愛戀的作品，進行一些分享大眾的工作，果然有意義。

不過，這位「楊左使」的父母，不太可能是因為看了《倚天屠龍記》而給兒子起這個名字。《倚天屠龍記》首度問世是一九六一年，這位楊先生的年紀，遠遠大過。是自己改過名字吧？他沒提，還是就別問了。

到了，他找錢特別慢條斯理，我早已開了車門等著。便是這多出來的幾十秒鐘，又看了看他的名牌。

一陣羞愧如大浪湧來！幸虧是晚上，臉紅只有自己知道。

哪是「楊左使」？人家明明是「楊友仲」。

〈一二三〉、〈十六〉、〈十八〉三大段組合，作品其實已經完整，但在現場演出時，總需要再掀起一次熱鬧，以求在高潮中落幕。

某日在工作室晚餐，與同事們閒磕牙，聊起高速公路收費的種種。我其實很肯定整個自動扣款的設計，車上也貼了 eTag。然而，眾人事，眾人皆可議論，謝謝熱鬧的、自由的社會，又送上一題！

尾聲
劇本三之三

五十九：小時候，我最先看完的第一部金庸小說，是《倚天屠龍記》。
七百四：明教教主張無忌的故事。
五十九：明教，因為在民間的影響力很強，引來各門各派的圍勦，甚至是蒙古人的元朝政府，也將明教妖魔化，稱之為「魔教」。
七百四：是一種抹黑。
五十九：張無忌，在光明頂技壓群雄，化解了六大門派帶來的危機，進而擔任明教教主，領導群豪。最後，以明教教眾為主的抗元義軍，推翻了元朝，創建了明朝。
七百四：對，明教開創明朝。
五十九：明教組織嚴密。教眾分天地風雷四門，護持總壇光明頂的，是金木水火土五行旗。教主身旁，有光明左右使，五散人，以及四大法王。
七百四：四大護法法王。

五十九：明教四王，紫白金青。
七百四：都是？
五十九：紫衫龍王黛綺絲，多年來一直假扮成金花婆婆，她的女兒就是可憐的小昭，代替自己的母親，回歸波斯明教擔任聖女，紫衫龍王絕跡江湖。
七百四：令人不勝唏嘘。
五十九：白眉鷹王殷天正，一度破出明教，另創天鷹教。六大門派圍勦光明頂，他領著全體教眾，回救明教。
七百四：是個有情有義的老英雄。
五十九：也是張無忌的外公，後來過世了。
七百四：喔。
五十九：金毛獅王謝遜。
七百四：鼎鼎大名。
五十九：奪走屠龍刀，隱居冰火島，後來大徹大悟，在少林寺出家。他是《倚天屠龍記》的關鍵人物。
七百四：悲劇英雄。

五十九：也就是說，大明朝創立之後，明教四大法王，只剩下青翼蝠王韋一笑了。
七百四：這個人的名字也很滑稽。
五十九：不要小看他，韋一笑輕功蓋世，一門絕技「寒冰綿掌」，行功之後還要吸人血來化解寒毒。
七百四：吸血鬼呀！
五十九：後來這個毛病被張無忌治好了。
七百四：對，張無忌同時是位醫生。
五十九：大明朝成立之後，明教的地位大大提昇，在崑崙山一帶可謂是獨霸一方呀！
七百四：有這樣的事？
五十九：開玩笑，這是大明朝的國教呀，總壇所在之處，修了崑崙山四線大馬路！
七百四：喝！
五十九：江湖上往來人馬，路過此處，必須要收過路費。
七百四：設收費站？
五十九：那多落伍呀！設置門架，自動扣款。
七百四：怎麼扣？

五十九：青翼蝠王貢獻最大。
七百四：喔。
五十九：訓練了一批徒弟，練蝙蝠功。
七百四：我聽說過蛤蟆功，沒聽過蝙蝠功？
五十九：顧名思義，蝙蝠功，是一種倒吊的功夫。
七百四：倒吊？
五十九：四線大馬路，這邊倒吊著四個，對向車道，也倒吊著四個。
七百四：都倒吊著，很辛苦。
五十九：底下過往行人，推車，只要靠邊行走，就優待，不收費。
七百四：還不錯。
五十九：但是，只要是馬車，不論是運貨的、載人的，甚至是單人騎馬，都要收費。
七百四：只要有馬，就要繳費。
五十九：「馬路」「馬路」嘛，專門修了給馬走的路，當然要收費嘛。
七百四：好嘛。
五十九：要通過崑崙山區的馬匹，都要請領明教頒發的過路貼紙，俗稱「姨太太」。

七百四：是嗎？

五十九：「姨太太」就貼在馬的額頭上。

七百四：OK繃？

五十九：就看明教的教眾，運起蝙蝠功，倒吊門架上，精準辨認過往的馬車。

七百四：啊？

五十九：少林七十二、武當六十四、華山八十八、華山八十八、華山八十八……

七百四：咦？怎麼重複了？

五十九：華山八十八跑得太靠中間了，被對向門架上的看見，兩邊就重複扣款。

七百四：啊？

五十九：其實，華山八十八是前一陣子被丐幫偷走的，老馬識途，自己逃回來，沒想到在崑崙山迷路，來回亂跑，害華山派賠了好多錢。

七百四：真冤枉。

五十九：冤枉？崆峒派才冤枉！一匹馬受傷了，躺在車上，拉車的馬扣款！躺著的馬，也扣款！

七百四：這太可憐了！

五十九：可憐？峨嵋派的母馬才可憐！懷孕了，肚子裡有小馬，一跑過去，算兩匹！
七百四：這太過分了！
五十九：過分？最過分的，就是繳費必須親自爬上光明頂。
七百四：啊？
五十九：怕武林同道反彈，後來開放少林寺、武當山也可以代繳。
七百四：是霸道。
五十九：最霸道的我還沒說呢。
七百四：那是？
五十九：我沒有馬。
七百四：我可以作證，他沒有馬。
五十九：上個月居然收到光明頂飛鴿傳書，叫我補繳費用。
七百四：怎麼回事？
五十九：我申訴呀！
七百四：他們怎麼處理的？
五十九：「誰叫你活該倒楣要姓『馮』！」

七百四：怎麼這樣說呢？
五十九：「你姓的是『二馬』！」
七百四：嗐！

（全劇終。）

後記

【相聲瓦舍】辦公室的上班時間，是每週一至週五，上午十點至下午七點。週休二日，政府所公布的放假日，我們也一律遵從。所例外的是演出日，演出是我們的第一要務，無論遇到何種假日，都以執行演出為唯一考量，參與演出的前後台行政同仁算加班，次日上班可享中午到班之優惠，但不補假。

辦公室位於新店，一幢公寓大樓內，是一間坪數較大的尋常住宅。大客廳我們用做大辦公室，兩個小房間分別是經理室與會計室，最小的房間是臨時儲藏間，擺放常用的辦公物品。服裝道具另租倉庫，這裡放不下。

最大的房間，在一般住宅稱為「主臥室」的那個空間，撥給我用。擺設簡單的一桌二椅，該排戲的時候排戲，不排戲的時候，是我的寫字間。二〇〇七年夏天，從碧潭搬來這裡之後，寫劇本的工作全部落在我的身上。

宋少卿，天縱英才，從二十幾歲起，藉他的才分，潤飾劇本，總有畫龍點睛之妙，這段時期完成的作品，有《狀元模擬考》、《大唐馬屁精》、《東廠僅一位》。為了加深他的參與感，以及付他一半稿費的必須責任，寫劇本的時候都要等他。一等，少說半個小時，經常要等兩個小時。有時他忘記今天該來，就白等。

這個叫人等的習性，他在哪裡都發揮得理所當然，並非【相聲瓦舍】所縱容。而我有一個倔強，想要將我們這對搭檔撐下去。江湖上一些頗具名聲的才子，總為了各種無奈的原因（或決絕的原因）而拆夥，我想試試死纏爛打，就不分手！通知宋少卿，以後寫字再也不等他，劇本稿費全歸我一人，且內容權責亦在我一人，非經同意，不得任意改動，如在排戲過程因共同意見而有文字修訂，排演工作費用已包括在內，也不再支付修稿稿費。

面對必須獨立寫作的現實，就得快速適應。行政同仁租下現有工作室的同時，正從碧潭原處緩慢搬遷。我的房間，先裝了一台電風扇，架起電腦就起寫了。記得是七月底，午後暴雨澆熄了熱浪，只花了四個連續日曆天，寫出了《鄧力軍》。

習慣養成後，倒也得心應手了，《兩光康樂隊》、《惡鄰依依》、《迷香》、《緋蝶》、《情聖阿弱》，全新作品在幾年間一一問世。也整編舊作，還魂再演，最稱手的是《公公徹夜未眠》、《戰國廁》和《飛魚王》。

我沒有辦公責任，也無需在任何約定時間內到班，完全自由來去。也就是說，假日，同事們都不來的時候，別有另一番純粹寧靜。近年來，已將寫作所需，全部移到工作室來。住家至此地，公車僅六站，騎鐵馬十分鐘，純走路也少於半個鐘頭。善用空間，才叫會過日子。最喜歡在無人的假日舒爽的寫作，當然，包括剛完成的這一部。

段公子，再見了！

——王語嫣走出靈鷲宮大廳，察覺段譽沒跟上，回頭對他說。

遠流博識網
http://www.ylib.com　e-mail:ylib@ylib.com
ISBN 978-957-32-7451-3（平裝）
ISBN 978-957-32-7452-0（平裝附光碟片）

金庸茶館叢書

演武弄樂下藥調情
說金庸

作者：馮翊綱
繪圖：林一先、馮翊綱、中原造像
出版四部總編輯暨總監：曾文娟
資深主編：鄭祥琳
助理編輯：江雯婷
企劃：王紀友
美術設計：雅堂設計工作室

發行人：王榮文
出版發行：遠流出版事業股份有限公司
地址：臺北市南昌路二段八十一號六樓
電話：（02）2392-6899　傳真：（02）2392-6658
郵撥：0189456-1

著作權顧問：蕭雄淋律師
法律顧問：董安丹律師
二〇一四年七月一日　初版一刷
二〇一四年十一月十八日　初版二刷
行政院新聞局局版臺業字第1295號
定價：新台幣280元

國家圖書館出版品預行編目資料

演武弄樂下藥調情說金庸／馮翊綱著. -- 初版.
-- 臺北市：遠流, 2014.07
面；　公分. --（金庸茶館；D4041, D4042）

ISBN 978-957-32-7451-3（平裝）
ISBN 978-957-32-7452-0（平裝附光碟片）

854　　103011677